そうして、ランバートはノエルの身体を高めていく。

「あ、あ、あ……やだ……やだ、なんか……来る……っ」

嘆《なげ》きの天使《てんし》

いとう由貴《ゆき》

ILLUSTRATION：高座《たかくら》 朗《ろう》

嘆きの天使

LYNX ROMANCE

CONTENTS

嘆きの天使

§序章

一八一四年、四月──。

大陸での長い戦いを終え、ようやく帰国したランバートは呆然《ぼうぜん》と、がらんとしたケンブリッジシャーの伯爵邸内を見回していた。

やや流行遅れの紺のテイルコートに包まれた身体《からだ》は、がっしりとして長身だ。顎《あご》の下でクラバットを無造作に結んだ様子はいかにも着衣に無頓着《むとんちゃく》な性格を表していたが、それを補ってあまりある優美な容姿を彼は持っていた。それがベックフォード伯爵家の優れた資質のひとつでもあったが。

豊かなダークブラウンの髪、男らしい同系色の眉、ロマンチックなはしばみ色の瞳に情熱を感じさせるふっくらとした唇。すっと通った鼻筋は貴族的で、白皙《はくせき》の額とともに二十五歳の彼を素晴らしく優雅に見せていた。しかし、今はその顔も曇っている。

限嗣《げんし》相続に指定された代々の当主の肖像画やその他の数枚の名画、家宝の宝飾品を除いてほとんどの絵や家具、絨毯《じゅうたん》、タペストリー類が、伯爵家の邸宅からは取り去られていた。

使用人たちの影もない。ランバートが帰還したというのに、出迎えるフットマンの一人もいなかった。

「どうしてこんなことに……」

自分がナポレオン戦争に従軍している間に、いったいなにが起こったのだ。ランバートは眉をひそめて、呻《うめ》く。わかっているのは、母からの素《そ》っ気《け》ない手紙に書いてあったことだけだ。

兄が死に、次男であるランバートが新たにベックフォード伯爵位を継承しなくてはならない、それだけだった。葬儀は、すでにランバートが大陸にいる間に済まされている。

とにかく、しかるべき事情を母親に訊《き》かなくてはと、ランバートは玄関ホールから続いている大階段を上がろうとした。

と、ようやく、年老いた執事ルーサムがよたよたと歩み出てきた。

「ランバート様！　いえ、旦那様《マイ・ロード》、お出迎えもせず、申し訳ありません」

子供の頃から見慣れた顔に出会え、ランバートはやっとホッとする。

「ルーサム、これはいったいどういうことだ？　なにがあった」

「それは……」

ルーサムの声が震える。すっかり頭頂部が寂しくなった執事が、つらそうに視線を大理石の床に落とす。

ベックフォード伯爵家は豊かな家だったはずだ。イギリス国内に多くの地所《じしょ》を持ち、ロンドンにも瀟洒《しょうしゃ》なタウンハウスを所持していた。別邸も数多くある。本拠地であるこのケンブリッジシャーのマナーハウスは、ランバートたちの祖父が建築した広壮な邸宅で、美しさと壮大さで知られていた。

三年前に父が亡くなり、兄バートランドが伯爵位を継いだが、その時であっても莫大な財産が伯爵家にはあったはずだ。

それがなぜ、ランバートが従軍していたわずか一年あまりで、これほどに荒廃している。

俯《うつむ》くルーサムを問いつめようとしたランバートの耳に、軽い靴音が聞こえた。上からだ。視線を上げると、階段を下りてくる母の姿があった。

バートランド、ランバート兄弟の母フランシスが、いつもの尊大な表情で息子を見下ろしている。けれど、従軍前にはあった美貌《びぼう》の名残《なごり》が、今は綺麗《きれい》に消え失せていた。階段上にいるのは、白い髪の老女であった。まだ四十九歳だというのに。

「……今頃のこのこ帰ってきて。……こうなったのもおまえのせいよ。おまえが軍隊などに行き、バートランドを支えてあげなかったから、あの子は！」

濁《にご》った青い目が憎々しげに息子を睨《にら》む。

ランバートは奥歯をきつく食いしめた。兄の死をともに悲しむ間もなくの叱責《しっせき》だ。だが、これが母とランバートとのいつもの関係だった。

ランバートが疎《うと》まれる一方で、兄のバートランドは母の最愛の息子であった。どちらも同じくフランシスが産んだ息子であったのに、どういうわけか母はバートランド一人を溺愛《できあい》し、ランバートを疎んじた。

それでも、ランバートがいじけた男に育たなかったのは、兄バートランドのおかげだ。母の偏愛を受けてもバートランドが増長することはまったくなく、それどころかフランシスの言いがかりのような叱責からランバートをなにくれとなく庇《かば》ってくれた。

ランバートにとっても最愛の兄だったのだ。

その兄が亡くなり、悲しむ時間すらも母は与えようとはしてくれないのか。

子供の頃から変わらないフランシスの態度を、ランバートは苦い思いで受け止めた。もう、庇ってくれる兄はいない。自分自身で、母と対峙《たいじ》しなくてはならない。

「母上、いったい兄になにがあったというのですか」

強《し》いて淡々とさせた口調で、ランバートはフランシスに訊いた。そうでなくては、ランバートのほうこそ母の身体をがくがくと揺さぶって、問いつめてしまいそうだ。

いまだ現実感のない兄の死。耐え難《がた》い苦痛だ。

階段を下りたフランシスは、ランバートの前に立つ。身なりにうるさい母親であったのに、そのドレスはひどく皺《しわ》が寄っていた。ルーサム以外に使用人の影がないことから、母のレディーズメイドももういないのだとわかる。そんな人間を雇う余裕もないのだ。

「可哀想《かわいそう》なバートランド……、たった一人でこの広大な伯爵領を管理して……。まだほんの二十九歳だったのに、頼る相手もいないあの子がどんなに苦労したか。大陸で勝手に戦争ごっこに興じていたおまえにはわからないでしょう。おまえさえ側にいれば、あんな男になどつけこまれなかったものを……！」

「奥様、そのように興奮なされてはお身体に障《さわ》ります。どうぞお鎮《しず》まりになって……。ドリー、奥様をお部屋に！」

ルーサムが妻を呼ぶ。しばらくして、夫と同じように年を取った老女が、のたのたと出てきた。人手のなくなった伯爵邸で、夫とともに働いてくれていたのだ。

「はいはい、まったく世話の焼ける奥様だ。あたしは掃除から食事の支度から、なにからなにまでやらなけりゃならないんですよ。ご自分の面倒くらいご自分で……ありゃ、ランバート様！」

薄汚れたエプロンで手を拭きながら現れたドリーが、ランバートに気づいて目を見開く。ついで、嬉しそうに駆け寄ってきた。

「やっとお帰り下さったんですね、ランバート様！　これでこの家も大丈夫だ。ねえ、あんた」

「こら！　ランバート様ではなく、旦那様だろう、ドリー」

「ああ、そうだった。申し訳ありません、旦那様」

ドリーが腰を屈《かが》める。しかし、元はこの家のメイドで、旧知のドリーの親しげな態度に、ランバートは微笑《ほほえ》みを誘われる。

「いいんだよ、ドリー。久しぶりだね。母の世話をありがとう」

「いいえぇ、あたしはなんにも。――さあ、奥様、ベッドにお入りなさいまし。あとはランバート様がちゃんといいようになさいますからね」

ドリーがフランシスの肩を支えて、再び階段を上がるよう促す。フランシスは、憎々しげにランバートを振り返って、毒を吐く。

「ランバートになどなにができるというのです。バートランド以上のことが、おまえにできるわけがない。……あぁ、わたしのバートランド。どうして、死んでしまったの。この哀れな母を一人残して、どうして……」

嘆きの言葉を繰り返しながら、フランシスはドリーに支えられて階段を上がっていく。

それをランバートは暗い眼差しで見つめていた。ややあって思いを振り切り、首を振る。今さら母との関係が改善されるわけがないことはわかっていたことだ。

フランシスの姿が消えてから、ランバートはルーサムを振り返った。

「――母が『あの男』などと言っていたが、誰を指している」

「……はい、その……奥様が仰《おお》せなのは、シスレー男爵様のことではないかと」

「シスレー男爵？」

ランバートはわずかに首を傾げた。シスレー男爵エイブラムは、ロンドン社交界でも名の知れた男であった。いわゆる不運な男として。なにしろ、六回も結婚しているのに、そのすべての妻に死なれているのだ。主に流産や病気が原因だった。男爵家の後継ぎを得るために結婚を重ねたが、結局いずれも失敗で、その端整な容貌も相まって、社交界の淑女《しゅくじょ》たちには同情されている。

その男爵が、バートランドとどういう関係があったのか。

ルーサムが思いつめたように訴える。

「バートランド様は騙《だま》されたのです、男爵様に！」

「騙された？　どういうことだ」

聞き捨てならない言葉だった。ルーサムは悔しそうに、ランバートにすべてを告白する。

「あの方は、バートランド様のおやさしさにつけこんだのです。言葉巧みに近づいて、ご自分の親戚《しんせき》のためにちょっとした投資に参加してくれないか、と。父親が賭博《とばく》で財産を失い、そのために苦労している若者がいる。彼には、なんといいましたか……蒸気機関車、ですか。その新しいアイデアがあるが、実現させるだけの資金がない。もし、彼のアイデアが現実になれば、莫大な稼ぎをその若者にもたらす。貧困からも救われる。その投資に、ぜひバートランド様にも参加してもらえたら、と男爵様は仰《おっしゃ》ったのです。人助けにもなることだしと、バートランド様は喜んで参加されました。ですが、それは罠《わな》だったのです。バートランド様がサインされた書類にはとんでもない条項が書かれていて、もし、実現に失敗した時にはその負債はすべて、バートランド様が負うと条文が……」

聞いているうちに、ランバートの顔色は青褪《あおざ》めた。なんということだ。結末は聞かなくても見当がつく。

「……その若者は、蒸気機関車の開発に失敗したのだな」

「はい、旦那様……」

ランバートはたまらず目を閉じ、額を指で押さえた。

資金のない有能な若者を支援する。いかにも善良な兄が手を差し伸べそうな事案だった。相手が同じ貴族であったことも、バートランドの判断力を甘くした理由であったかもしれない。よもや、評判もさほど悪くないシスレー男爵が、自分を騙すようなことはすまい、と判断したのだろう。

いや、あるいは条文についても、ルーサムはああ言ったが、実はサインする時には記載されていなかったかもしれなかった。バートランドは善良だが、けして愚《おろ》かではない。条文についてもきちんと検討し、その上でサインしたはずだ。

けれど、たとえ後になって偽造されたものであっても、証拠がなければどうにもならない。そうこうしている間に、シスレー男爵は無情に、兄からすべてを剝《は》ぎ取ったのだろう。

なんということだ。せめて自分が、その時バートランドの側にいたら。

――母上の言う通りだ。

激しく、ランバートは己を責めた。二人で知恵を絞れば、卑怯《ひきょう》なシスレー男爵に対抗するなにかを思いつけたかもしれない。そうでなくても兄を、影に日向《ひなた》に励ますことだってできた。

バートランドはどれほど絶望して、死んでいったことか。

「その衝撃で、兄は身体を壊したのだな……」

ランバートは呻いた。母の老け、病んだ姿にも納得がいく。自慢の息子がこんなみじめなやり口に騙され、その上、衝撃のあまり死んでしまったのだ。ひと息に老いたとしても無理はない。

だが、ランバートはまだ本当の地獄に気づいていなかった。バートランドは衝撃のあまりに病んで、死んだのではない。ルーサムが恨めしげに、真相を絞り出す。

「いいえ、旦那様……バートランド様が亡くなられたのはご病気のゆえではありません。事故です。……いいえ……いいえ、あれは！ ——あの日、バートランド様は最後の乗馬に出かけられました。次の日にはもう、競売相手にすべて引き渡さなくてはならなかったのです。最後にご愛馬に乗り、ご領地内を駆け、そして、障害の代わりに林の岩を越えようとされた時……岩があまりに大きくて、落馬されたのです」

「事故……いや……」

その先を、ランバートは口に出すことはできなかった。事故ではない、自殺だ、と。

自殺は大罪だ。たとえ貴族であっても、教会に知られれば葬儀など出してもらえなくなる。誰もがバートランドの本当の死因に心当たりを覚えても、事故だと断定したのは当然だった。

だが、事実はおそらく違う。ランバートもそうだが、バートランドも幼い頃から乗馬に親しみ、領地内のことならば、なにを障害にしていいか、どこを駆けていいのか、ちゃんと承知している。そのバートランドが不用意に大岩を障害に選ぶわけがない。

「兄さん……」

ランバートは拳《こぶし》をきつく握りしめる。そうしていなければ、叫び出しそうだった。

自分が側にいたら——。

自分さえ、母から逃げるために軍人となる道を選ばなければ――。

そうしたら、兄も男爵の卑怯なやり口に絶望し切ることはなかったかもしれなかった。

いったい誰が想像できる。商人ならばともかく、誇り高い貴族がこんな詐欺《さぎ》を働くなど。

「許さない、シスレー男爵……！」

拳を握りしめ、ランバートは呻いた。その目は、レディたちにロマンチックと称された甘やかな色は失せ、憎悪に染め抜かれていた。

けして許すものか。

ランバートは、その日誓った。紳士の顔をしてバートランドに近づき、すべてを奪った男爵を、自分はけして許さない。どんな手を使ってでも、必ず己のしたことを悔やませてやる。

必ず――。

神に、いや、自ら命を絶った兄に誓って、ランバートは復讐を決意したのだった。

§第一章

八年後、フランス――。

トゥーレーヌ地方の寒村に、その小さな修道院はあった。革命によって一時廃《はい》されたりもしたが、その後ぽつりぽつりと戻ってきた修道士たちによってそこは再建され、ひっそりと営《いとな》まれている。

元々貧しい修道院であったが、再建後はさらに侘《わび》しく、厳しい暮らしであった。革命を経てもなお信仰を失わなかった村人たちの助けがなければ、とてもやってはいけなかっただろう。

そんなひっそりとした修道院に、ノエルはいた。名前はノエル・セレスタン。名前だけで家名はない。赤子の頃、短い手紙とともに修道院前に捨てられ、そこに記《しる》されてあったのがノエル・セレスタンという名前だけだったのだ。

けれど、それから十八年を修道院で育ち、そこ以外の世界を知らないノエルには、名前だけで充分だった。いずれは正式な修道士となり、生涯を神に仕えて生きるだろう。祈りと労働、それから、導いてくれる修道士から学ぶ様々な学問が、ノエルのすべてだった。

その日も、ノエルは貯蔵していたジャガイモを掘り返し、台所に運ぶ。吐き出す息は白い。

入ったとたん、ノエルに気づいた今日の食事当番の修道士に呼ばれた。

「ああ、ノエル、いいところに帰ってきた。院長様がお呼びだ。手足を洗ったら、すぐに行きなさい」

「はい」

澄んだ春の若葉の色の瞳を瞬《しばた》かせながら、ノエルは従順に返事をする。

院長が、いったいどんな用があるのだろうか。

内心で首を傾げながらいそいそと、土で汚れた手足をすすぐために、外に出た。

それを台所の修道士が微笑ましげな眼差しで見送る。赤ん坊の頃から皆に育てられたノエルは、誰にとっても自らの子供のようなものであった。その上、柔らかな金の髪、宝石のように美しいエメラルドグリーンの瞳をした面差《おもざ》しも天使のように愛らしく、見る者すべてを幸福にせずにはいられない。

ラ・ロシュファール修道院に舞い降りた天使——。

時に、院内を垣間《かいま》見た村人がそう呼んでいることを、大人の修道士たちは知っていた。

そんな自らの別称などまったく知らないノエルは大急ぎで手足を洗うと、簡素な長衣の裾をはためかせて、院長室に急いだ。入り口の扉前で呼吸を整えてからノックする。

すぐに、入るようにとの声が返ってくる。

「失礼します、院長様」

静かに、ノエルは院長室のドアを開けた。と、中に入って、小さく目を見開く。

院長室には客がいた。男だ。それも、俗世間の男だった。

がっしりした長身を黒衣が包んでいる。ただし、院長たち修道士が着ているような長衣ではない。

黒の上着に、白のピッタリとしたズボン、膝まである上等そうなブーツ。シャツも目に鮮やかなほど白く、顎の下でクラバットを大きく結んでいるのが洒落《しゃれ》ている。手袋に包まれた手には、艶《つや》のあるシルクハットとステッキがあった。つまり、ノエルが初めて見る貴人であった。

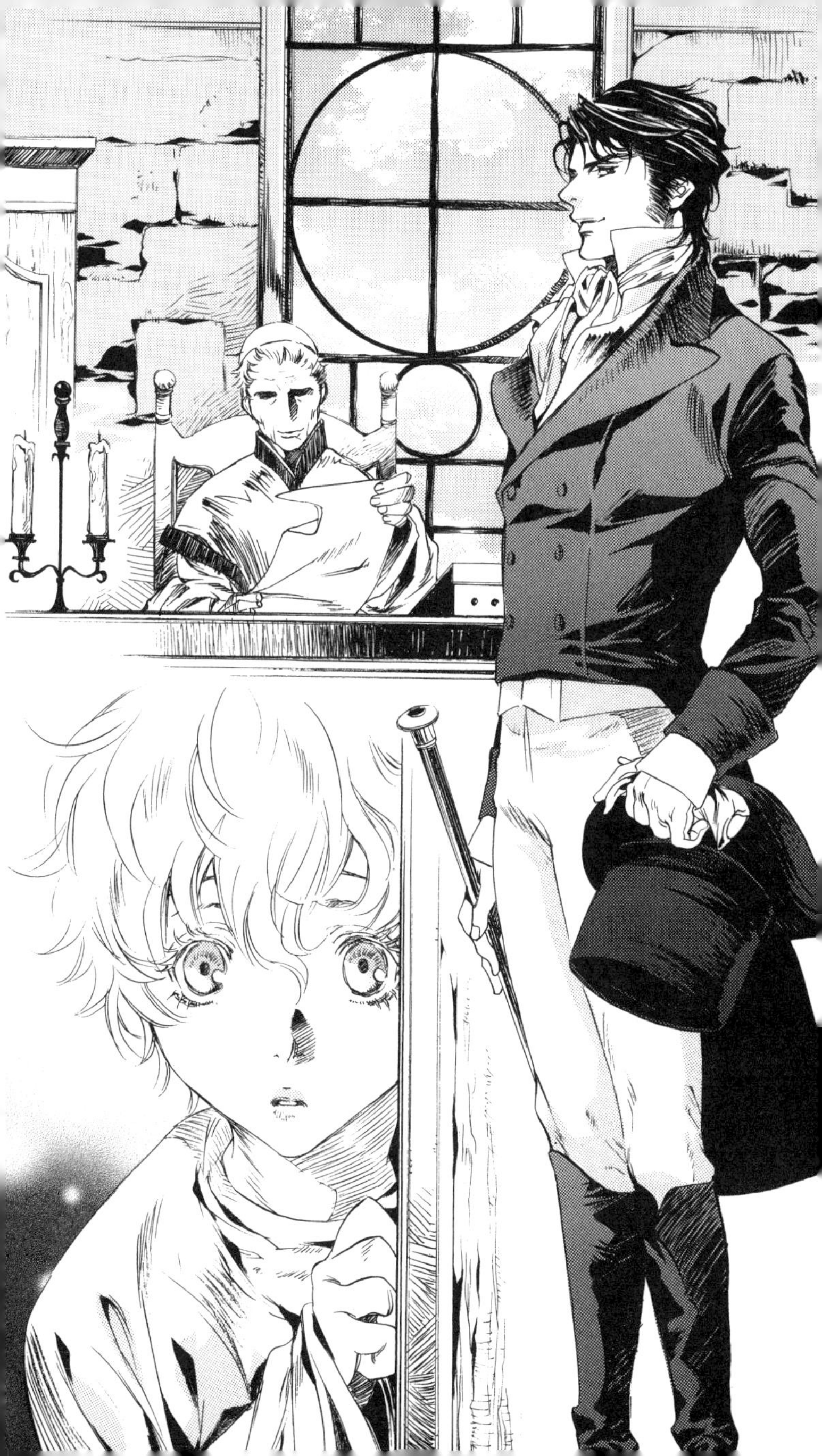

こんな貴人が、ラ・ロシュファールのような小さな修道院になんの用があるというのだろう。

ノエルは思わず男を見上げた。そしてまた、さっきよりももっと大きく目を見開いてしまう。

貴人は、やさしく微笑んでノエルを見返していた。その瞳の柔らかなはしばみ色の美しさ、貴族的な端整な面差し、そして、それと相反する匂うような男らしさに、ノエルは圧倒される。すでに老人のほうが多いここではまず見られない、気圧《けお》されるような男ぶりであった。

思わず魅入られたように視線を釘付けにされてしまったノエルに、院長が控えめな咳《せき》払いをする。

ハッとして、ノエルは視線を落とした。挨拶《あいさつ》もなしにも見蕩《みと》れた無作法さに、きっと呆れられたに違いない。恥ずかしさに頬に血が昇る。

けれど、ノエルには見えていなかったが、男はただやさしく微笑む目を細めただけであった。そうして、院長へと口を開く。

「彼がノエル・セレスタンですか」

「はい、そうです、伯爵様。当院で、赤子の頃から世話してまいりました」

しわがれた院長の声を、ノエルは聞く。対して男のそれは、ビロードのように滑《なめ》らかで、ぞくぞくするほど低いものだった。まるで、闇の深淵《しんえん》を覗《のぞ》き込むような……。

少しだけ怖いような気がして、ノエルはじっと床を見つめ続けた。どうして怖いなどと思うのかそれが不思議だったが、もう一度男を見る度胸はなく、院長の許しが出るまでじっと俯いている。

と、男が歩み寄るのが見えた。あっと思う間もなく、男の手袋に包まれた指がノエルの顎を掬《すく》う。

強引に上向かせられ、ノエルは声もなく震えた。いったい男がなにを見ようとしているのか、まったくわからなかった。

じっとノエルを見つめて、男が微笑む。それは、声の響きで感じた恐れを打ち消すような、やさしい微笑みだった。

「あぁ、彼女によく似ている。わたしの父の友人、ブランシャール侯爵夫人に」

「侯爵……夫人……？」

思わず呟いたノエルに、男はまた破顔する。愛おしむような、温かな眼差《まなざ》しだった。

「そうだ。君の母上、リュシエンヌ・ポリーヌ・ド・ブランシャール夫人だ。あの頃、わたしはまだ十代半ばだったが、夫人のことはよく憶《おぼ》えている。君は彼女に生き写しだ。やっと会えた」

「あの……」

ノエルは戸惑《とまど》い、なんと言ったらよいかわからない。母親……自分に家族が？

そのノエルの戸惑いに気づき、男が院長を振り向く。

「申し訳ない。嬉しさのあまり、先走ってしまいました」

「いいえ、お気持ちはよくわかりますよ、伯爵様。長年、ノエルの行方を捜しておられたのですから」

そうして、院長がノエルに説明する。

「ノエル、この方はイギリスのベックフォード伯爵様だ。ノエルの母上をよく知る方で、ずっと行方を捜しておられた」

「僕を……？　僕の……お母様……」

初めて口にする母という言葉。思いもかけない言葉だった。じんわりと、なにかが胸に沁《し》み渡る心地になる。母親、お母様――。

ノエルはベックフォード伯爵だと紹介された男を見上げた。そして、はっとなる。

「お母様……では、僕のお母様という方はどこに……!?」

「すまない。彼女はもう亡くなっている。君をこの修道院に預けて、じきに」

沈鬱《ちんうつ》な表情で、伯爵が告げる。ノエルは息を呑み、そして、小さくそれを吐いた。侯爵夫人の身でありながら、生まれた赤子を修道院に捨てる。十八年前の時勢を考えると、不吉な想像が広がった。

「革命……ですか」

「いろいろあってね。そのことはまた詳しく、話してあげよう。それよりも今日は、わたしと一緒に、ここを出ることに同意してほしい」

「修道院を……出る？」

「よかったな、ノエル」

院長が、机の向こうで微笑んでいる。

ノエルは困惑した。自分の未来は修道士になるはずであったのに、それがにわかに覆《くつがえ》されようとしている驚き。そして、同時に湧《わ》き上がる恐れ。

そういったノエルの不安を院長は感じ取ったのだろう。やさしく語りかけてくる。

「ノエル、これはよい機会なのだよ」

「それは……どういうことなのでしょう、院長様」

自分はここを追い出されるのだろうか。いや、家族が見つかったのだから、出るのが当然なのかもしれないが、しかし、しかし。

縋《すが》るように見つめるノエルに、院長は穏《おだ》やかに口を開く。

「おまえは素直でとてもいい子だ。学問もよくできる。しかし、この修道院以外の世界を知らない。

わたしは、おまえにも一度は世の中に出る機会があったらと思ってきたのだよ。おまえに……ラ・ロシュファールのような鄙《ひな》びた修道院で生涯を送らせるのが不憫《ふびん》でな」

「院長様！　そんなことはありません。僕はここでとても幸せに育てていただきました」

ノエルは院長の懸念《けねん》に声を上げて否定する。自分は不憫などではない。充分にここで幸せであった。

その真っ直ぐな否定に、院長がほんのりと口元を綻《ほころ》ばせる。立ち上がり、ノエルに歩み寄ると、抱きしめてくれた。

「ありがとう、ノエル。そう思ってくれてとても嬉しい。けれどね、だからこそ機会があれば、おまえにはもっと広い世界を知ってもらいたい。わたしたちの自慢の『息子』に、相応《ふさわ》しい人生を歩ませたい。ずっとそう考えていたのだよ」

切々《せつせつ》とした院長の心情が、その眼差しから伝わってくる。

ノエルは唇を嚙《か》みしめ、俯いた。ここを出る。そんなこと、考えもしなかった未来だ。

それに、混乱してもいた。母親がいると言われ、しかし、すでに亡くなっていると教えられ、捜してくれたランバートは母の知人であって、家族ではない。いったい自分はどうするべきなのか。

そのノエルの肩に、伯爵が静かに触れてくる。

「わたしからもいいかい、ノエル。——君の母上も、本当は君を自分が生まれ育った世界で育てたかっただろうと思う。どうか、わたしにその手助けをさせてくれないか、君の母上のために。頼む」

真摯《しんし》な、訴えかけるような語りかけだった。

ノエルは伯爵を振り仰ぎ、また院長を見上げる。そして、沈黙した。このままラ・ロシュファールにいたい。ここを離れるのは怖い。ランバートの世話になってもいいのかという迷いもある。

けれど、院長――そして、伯爵の言うことももっともではあった。母の望みと言われたら、それを拒絶することは難しい。

長い沈黙の果てに、ノエルは小さく頷《うなず》いた。

「……わかりました。伯爵様とともに、修道院を出ます」

「よくわかってくれました、ノエル」

院長が再び、ノエルをやさしく抱きしめる。

「院長様……」

涙が込み上げる。十八年間、ここがノエルの家だった。その家を、こんなに急に出ることになるなど、考えたこともなかった。

「さあ、早く仕度をなさい、ノエル。伯爵様をお待たせしてはいけない」

「はい……」

悄然《しょうぜん》と、ノエルは頷く。慌《あわ》ただしいことだが、相手が伯爵となれば待たせるわけにはいかないことくらい、いかにノエルが世間を知らなくてもわかる。皆への挨拶もそこそこに、旅立たなくてはならないだろう。

そう諦《あきら》めた時だった。伯爵が院長を止める。

「いや、それではノエルが気の毒でしょう。わたしも、今日はノエルの同意さえ得られれば、出立《しゅったつ》は別の日でかまわないつもりでいたのです。今日はゆっくり別れを惜しんで、わたしはまた明日、迎えにまいります」

「伯爵様、いいのですか……?」

ノエルは涙の滲《にじ》んだ目で、伯爵を見上げる。それに対して、伯爵は穏やかに微笑んだ。

「わたしは人攫《さら》いではないよ、ノエル。君を悲しませたいわけではない。君には、亡くなった侯爵夫人の分まで幸せになってもらいたいのだ。ほら、涙を拭いて」

やさしい手が、ノエルの滲んだ涙を拭《ぬぐ》う。真っ白い手袋に涙の染みがついて、ノエルはわずかに赤らんだ。恥ずかしさとともに、伯爵の寛大さに感謝の思いが込み上げる。

「ありがとうございます、伯爵様。お心遣《づか》い、感謝いたします」

「伯爵様ではない。ランバートと呼びなさい。ランバート・ネヴィル・オークウッド、わたしの名前だ」

「そんな、怖れ多い……」

「怖れ多いことなどあるものか。ノエルがもし、侯爵夫人のもとで育ったなら、出会った最初から君はわたしをランバートと呼んでいたはずだよ」

そうからかうように言う伯爵――ランバートに、ノエルはどう答えたらいいのかわからない。ランバートの言う通り、本当に自分がブランシャール侯爵夫人の子息として育っていれば、たしかに伯爵をランバートと呼んでいたかもしれない。

しかし、現実のノエルは修道院育ちの身だ。いきなり伯爵を名前で呼ぶのは、あまりに怖れ多かった。ついさっきまでのノエルにとって、貴族を名前で呼ぶなど考えられないことであった。それがいきなり対等扱いされても困ってしまう。

そんなノエルの鼻を軽く摘《つま》み、ランバートは院長に挨拶をして帰っていく。明日また迎えに来るよ、とやさしい言葉を残して。

夢のような貴人を、ノエルは言葉もなく見送った。信じられないような人生の変転だった。

翌日、ノエルは皆に送られて、ランバートとともに馬車に乗った。ノエルの身の上を知った修道士たちは口々に、母親がわかったことを歓《よろこ》び、新たな門出《かどで》を祝福してくれた。

ランバートから多額の寄付が修道院には送られたから、以後はもっと皆の暮らしも楽になるだろう。そのことも、ノエルはランバートに深く感謝していた。

修道士たちに見送られながら、馬車は出発する。ノエルは見えなくなるまで馬車から身を乗り出して、彼らに手を振り続けた。

ついに皆の姿が見えなくなり、ノエルはため息をついて馬車の窓から身を戻す。泣くまいと思っていたがやはり、涙が滲んでいた。

そのノエルの頭を、向かい合わせに腰を下ろしていたランバートがそっと撫《な》でてくる。

「決意してくれて、ありがとう。きっと後悔させない。素晴らしい人生を、君には送らせてやる」

「伯爵様……」

「ランバートだ」

ランバートが悪戯《いたずら》っぽく微笑む。まるきりの子供扱いであったが、今のノエルには気にならなかった。実際、修道院の中しか知らないノエルは、外の世界の子供よりなお世知《せち》では劣る。

おまけに、ランバートはノエルよりもずっと年上だ。三十歳は超えているだろうか。ノエルが身に着けている服も、昨日ランバートが贈ってくれたものだった。

「なかなか洒落た形にクラバットを結べているな」

そう褒《ほ》められて、ノエルは赤くなる。

「いえ、自分ではどうしたらよいのかわからなくて、全部やってもらったのです」

子供ではないのに人に手伝われて服を着るなんて、きっと笑われるだろうとノエルは思った。しかし、ランバートから返ってきたのは笑いではなかった。

「わたしも、服は従僕《ヴァレット》に整えてもらっているよ、ノエル」

「ヴァ……ヴァレット？」

聞いたことのない単語に目を丸くすると、ランバートが丁寧に教えてくれる。

「主人の身の回りの世話をする者のことだ。今後はノエルにもつくから、すべて任せるといい」

「僕の世話をする人……」

呆然と、ノエルは呟く。修道院ではなにもかもを自分でやっていたのに、これからは違うという。本当に、そんな世界でやっていけるのだろうかと不安になる。

そんなノエルの手を、ランバートの温かな手が握ってくる。手袋越しに伝わるその温もりに、ノエルは思わず顔を上げた。ランバートが励ますように、目を見返してくる。

「――大丈夫だ、ノエル。君が行くのはわたしの田舎の屋敷だ。どんな失敗をしても、まあ、わたしが子供の頃にしたほどひどいものではない。毎晩おねしょをするとか、な」

「おねしょって……そんな歳じゃありません！」

思わずノエルが抗議すると、ランバートが悪戯っぽくウインクをする。

「なら、問題ない。君は、ティーポットにカエルを入れたり、メイドのスカート捲《めく》りをするような性《た》質《ち》の悪い子供ではないだろう？」

「……伯爵様、そんな悪さをしていたのですか？」

思わず呆れてそう言ったノエルに、ランバートがしかつめらしく訂正を入れる。

「ランバートだ」

名前で呼べと再度求められ、ノエルは口ごもる。しかし、促され、なんとか慣れない呼び方を口にさせられる。

「あ……その、ランバート」

「よろしい」

満足そうに、ランバートが頷く。その顔は悪戯めいた笑みに彩《いろど》られ、温かかった。

なんとはなしに、頬が赤らむ。ランバートのような貴人に同格扱いをされて、恥ずかしいのだろうと思う。けれど、実際自分の母親だという女性のことを考えれば、ノエルの生まれは貴族であった。ランバートの言う通り、名前で呼ぶのが当然なのだろう。慣れないけれど。

と、そこでノエルは昨日から気になっていたことを思い出す。

昨日、母のことを問いかけたノエルに、ランバートは口を濁して教えてくれなかった。どうやら簡単には説明できない複雑な事情があるようだったが、今なら教えてもらえるだろうか。

居ずまいを正して、ノエルはランバートに問いかける。

「あの、伯……その、ランバート、母のことなんですが……なにがあったのか、教えてはいただけませんか。昨日は、その……教えていただけませんでしたので……」

そう言うと、ランバートが軽く眉を上げる。微笑みが消え、考え込むように指を顎に当てた。

まずいことを訊いてしまったのだろうか。しかし、実母のことだ。なにがあったのか、知りたい。

じっとランバートを見つめていると、そのうちに彼が小さくため息をつく。

「訊いては……いけないことでしたか？」

「いや」

そう言うと、ランバートは軽く手を上げて、自分の中のなにかを整理するように、口を開いた。

「どう……君に伝えたらいいのかと思ってね。あまり気持ちのいい話ではないから」

「革命、ですよね。貴族なら……きっと大変な目に遭《あ》ったのだろうことは知っています」

貴族同様、教会も目の敵《かたき》にされ、迫害された。そのことを、ノエルは修道士から聞くことがあった。

おそらく、母も同じような目に遭ったに違いないと覚悟を決める。

だが、それに対してランバートは軽く否定する。

「革命でも侯爵夫人は大変な目に遭ったが、君に関わる悲劇はイギリスに亡命した後起こったことだ。

――話そう、ノエル」

そう言うと、ランバートは語り出す。ノエルはランバートの語るすべてを聞き逃すまいと、じっと
それに聞き入った。

「――侯爵夫人がイギリスに亡命したのは、革命が始まって四年後のことだった。国王ルイ十六世が処刑され、それに続いて恐怖政治が始まり、彼女の夫ブランシャール侯爵も革命政府に逮捕され、断頭台に送られた。残された夫人はなんとかイギリスに逃れ、これで彼女の悲劇は終わったと思われた。実際、亡命後の数年は平和だった。夫の菩提《ぼだい》を弔《とむら》い、イギリスの田舎で暮らして……。けれど、五、六年が経ち、ロンドン社交界に出た時、彼女の二つ目の悲劇が始まった。――わたしの父が彼女と知

り合ったのもこの頃だよ。気持ちのいい女性で、友人となる人々は多かった。そうして、そういった男たちの中の一人と、彼女は恋に落ちた。君の父親だ」

「僕の……。それは、どなたなのですか？」

胸が高鳴り、ノエルはランバートに問いかける。母がいたのなら、父もいたに決まっている。それはいったい誰なのだろう。けれど、続いたランバートの冷ややかな答えに呼吸が止まる。

「――シスレー男爵だ」

凍《こご》えるような、冷たい口調だった。なぜ、ランバートがそうなるのか、ノエルは戸惑う。父に、いったいどんな問題があったのか。

青褪めたノエルに気づき、ランバートがわずかに口元を弛《ゆる》めた。なにか励ますように、手を握ってくる。そして、教えてくれる。

「君はあの男を父親と思わなくていい」

「……どうして」

「彼のために夫人は……君の母親は、死ぬことになったのだ」

「死……!?」

ノエルは目を見開く。不穏《ふおん》な言葉に鼓動《こどう》が乱れる。思いもかけない言葉だった。

「どうして……どうして、死ぬだなんて……」

「大事な話だ。よく聞いてくれ」

ランバートが握った手の力を強くする。縋るように、ノエルは彼を見つめた。

「君の母上は、亡命する時に多くの財産――宝石や有価証券などだが、それらを持ってきていた。だから、イギリス貴族の知り合いなどに援助を乞《こ》わなくても、充分に暮らしていくことができた。シスレー男爵は、その夫人の財産を狙《ねら》ったのだ。結婚することで彼女の財産を自由にし、そして、奪った。奪えば、あとの夫人は用なしだ。彼には息子がいなかったから、すぐにも子供の産める女性と再婚したがった。当時……夫人は三十三、四歳だったからね。命の危険を感じた夫人は、その頃、ナポレオンが皇帝になったばかりの母国に逃れ……そして、君を身ごもっていることに気づいた」

「そんなこと……」

ノエルは呆然と呟く。あまりに信じ難い話だった。父が母を殺そうとする？　まさか。それに、財産目当てで結婚するという話も信じられなかった。人は愛によってのみ伴侶《はんりょ》を選ぶのではないのか？

「財産のために結婚するなんて……」

思わず声に出したノエルに、ランバートは静かに首を横に振った。

「ノエル、残念なことだが、貴族の間で愛のある結婚などというものはまずない。結婚は家と家との問題であって、最も重要なのは財産だ。現にわたしの両親も、家柄・財産の釣り合いによって娶《めあわ》せられた」

「そんなこと……神がお許しになるのでしょうか……」

「貴族の結婚というのはそういうものなのだよ、ノエル。——だが、君の母上は愛してはいけない男を愛してしまった」

「愛が……母を不幸にしただなんて……」

ノエルには信じたくない現実だった。愛は常にノエルにとって喜びで、幸福なものであった。修道院の皆に愛され、ノエルも皆を愛して、その愛によって満たされていた。

愛の残酷な側面を、ノエルは知らない。ましてや父が、母の愛を利用するような男だったなんて。

それでもなんとか父を悪い男だとは思いたくないノエルは、ランバートに食い下がる。

「でも……でも、もし父が、母が身ごもっていることを知ったなら、もっと違った態度を取っていたかもしれません。母を……子供の母親として愛したかも……」

「ノエル、それは彼女の望む愛ではない。それに、たとえ息子を男爵に贈ったところで、はたしてその後の扱いがよくなったか……」

ランバートが眉をひそめる。そうして、ひそと、父親の恥ずべき行いを伝えてくる。

「彼は、遊ぶ金がなくなるたびに結婚を繰り返している。この意味がわかるか、ノエル」

ノエルは青白い顔で、ランバートを見返した。

「財産……ですか……？」

「彼が作り上げた資産は、彼の六人の妻たちの屍《しかばね》の上に築かれたものだ。侯爵夫人が、君を夫に渡したくないと考えたのは……わかるだろう？　君を、夫と同じ男にしたくなかったからだ。夫のような酷薄《こくはく》な男に」

ノエルは黙り込む。自分の父をひどい男だと思いたくなかった。しかし、それならばなぜ、母はノエルを修道院に託《たく》して死んだのか。ひどい男でないならば、夫のもとに残り、そこでノエルを産んでもよかったはずだ。母の選択は夫から逃げることで、生まれた子供も夫には託さなかった。

母の悲劇。母は父によって、死に追いやられた。

ランバートがため息をつく。

「夫人はよほど夫を恐れていたのだろう。自分の足取りを消して、慎重に子供を――つまり君を、田舎の名も知らない修道院に捨てて、守った。おかげで夫人を心配した友人たちも、彼女の行方を追えなかった。ましてや、君という子供が生まれていたことも、誰も知らない。完璧に、彼女は君を夫の手から守ったのだ。この事実をもって、わたしの話が真実だと認めてもらえないだろうか……」

切々と訴えるランバートに、ノエルは言葉が出ない。認めるには、あまりにつらい真実だった。けれど、母の行動そのものが父への恐れを表していることは、認めざるを得ない。

ノエルは小さく問いかけた。

「父は……生きているのですか？」

「生きている。だが、わたしは君に親子の名乗りをさせたくない。夫人の希望を叶えるためにも、君にはわたしの遠縁ということで、我が家の姓を名乗ってほしい」

「僕は……」

ランバートに握られた手を外し、ノエルは顔を覆う。どう答えたらいいのかわからなかった。想像もしていなかった両親の姿をどう捉えたらよいのかわからない。

昨日からあまりにもいろいろなことが起こりすぎた。母がいたことを知っただけでも大きな出来事であったのに、続けざまに修道院を出て、その上、父親のこと——。

家名を名乗ってほしいと乞われても、ノエルにはにわかに答えられない。

しばらくしてランバートがそっと、ノエルの肩に手を置いてくる。

「——よく考えてくれ、ノエル。迷ってくれてかまわない」

理解を示す言葉に、ノエルは顔を上げる。

「申し訳ありません。僕は……」

「いいんだ。いきなりいろいろなことを言われても、頭が混乱するだけだろう。わたしの話をよく考え、じっくり結論を出してくれ。できればわたしの遠縁になってもらいたいが、無理強《じ》いはできない」

そうして、破顔する。さっきまでの深刻な顔と違って、馬車に乗った直後のからかうようなやさしい表情だった。軽く、ノエルの頰を片手で包み、微笑む。

「どうせ、しばらくは田舎暮らしだ。君には社交界での振る舞いをみっちり仕込んでやらなくてはな。楽しい遊びもいろいろ教えてやろう。時間はたっぷりある、ノエル」

けして無理押しはしてこないランバートに、ノエルは感謝の眼差しを向ける。ランバートはずいぶんシスレー男爵を嫌っている様子なのに、理解を示してくれる彼にただ感謝するしかない。

馬車は進む。イギリスへの港に向かって。

ノエルは信頼でいっぱいの面持ちで、ランバートを見つめていた。


数日後、ケンブリッジシャーにあるベックフォード伯爵邸に、ノエルたちは到着する。広壮なその邸宅に、ノエルは目を瞠っていた。こんな立派な屋敷にこれから住むのか。

「——ようこそ、我が家に」

やさしく微笑んで自分をエスコートしてくれるランバートに、ノエルはただただ呆然とし続けた。

§第二章

英語、ダンス、社交界での立ち居振る舞い、音楽、絵画などなど。ノエルの目まぐるしい日々が始まろうとしていた。ランバートが手配した家庭教師によって、英国貴族の子弟へと再教育される。

その中で、ノエルが最も不安だったのは信仰だ。イギリスは周知の通り、英国国教会の国でカトリックではない。しかし、ノエルの信仰は修道院での導きによって、カトリックであった。ランバートは英国国教会だ。

改宗を求められたらどうしようと、ノエルはひそかに悩んでいた。けれど、ランバートによって一笑に付される。

「イギリスでカトリックが迫害されたのは、昔のことだ。今は……まあ、有利とは言い難いが、信仰の自由が許されている。カトリックのままでいたいなら、そうしていいんだよ」

「本当ですか!?　あぁ……よかった」

ホッとしたノエルの髪を、ランバートがくしゃりと撫でる。

「少し遠いが、ピーターバラの町に行けばカトリック教会もある。礼拝はそこに行けばいい」

「ありがとうございます、ランバート！」

なにからなにまで考えてくれているランバートに、ノエルは祈るように両手を組んで礼を言う。

そんなノエルに、ランバートは笑うだけだ。

そうして、教育の日々が始まった。もっとも、基礎的な学問教育は修道院できちんと教えられていたから、主に学ぶのは英語や立ち居振る舞い、上流階級の子弟として修めておくべき教養などだ。

そんな中でランバートと会話できるのは主に食事時で、そこでノエルがどの程度学んだのか問いかけられる。

「ダンスもだいぶ憶えたようだな、ノエル」

「えと……下ばかり向かないようにはなりました。でも、まだまだ上手にはできなくて」

最初の頃はステップに気を取られて、足元ばかりを見ては教師に怒られていた。最近ようやく、下を向かずに踊れるようになってきて、早速そのことをランバートは教師に聞いたらしい。領地の経営で忙しい日々を送っているのに、ランバートはこうやって、常にノエルに目を配ってくれている。

自分などは教わることで日々手いっぱいであるのにと思うと、ランバートの心遣いにノエルは感嘆《かんたん》のため息をつくほかない。

それに、とノエルはちらりとランバートが食事を口に運ぶ様を見遣《みや》る。

切った子羊のクリーム煮を口に運ぶ優雅な手さばきに、ノエルは羨望《せんぼう》の吐息《といき》を洩らす。

なにをするにもランバートの行為は洗練されていて、自分とは違う。修道院での躾《しつけ》で、音を立てないように食器を扱うことはマスターしていても、ランバートのように優美なナイフ、フォーク遣いをするのは難しかった。

なにが自分と違うのだろうか。じっと見ていると、ランバートがそっと指摘してくれる。

「背筋。――ノエル、口をフォークに運ぶのではない。フォークを口に運ぶのだよ」

「あ……」

言われてやっと、ノエルは気づく。たしかにフォークの食材を口に運ぶたびに、自分のほうでも身を屈めて、口をフォークに近づけている。だから、背筋が丸くなるのだ。

「ダンスと一緒だ。背筋は真っ直ぐ、板が入っているように」

「はい、気をつけます」

ノエルはしゃちこばって、背筋を曲げないように心掛ける。ところが、そうすると今度は肉にかかったクリームソースがぽたぽたと落ちて、テーブルクロスを汚してしまう。

「あ……っ！」

「大丈夫だ、落ち着いて。会話をしながらさり気なく、ソースをある程度皿に落として、それから、口に運ぶ」

「……はい」

今度は慎重に、きちんとソースの処理をしてから、フォークを口に運ぶ。上手《うま》くいった。

「……できた！」

「うん、上出来だ。ノエルは憶えるべきことを自分で考えるところがいいな。そういう生徒は伸びる」

「そう……でしょうか」

褒められて、ノエルは首を傾げる。自分で考えるというが、ノエルは十八歳だ。貴族の子弟なら当然できていることができていないだけで、褒められることではない。

けれど、ランバートに認められるのは嬉しい。この人を失望させたくないと思う。

父親のことも、最初の馬車以来この二ヶ月あまり、言われていない。姓の問題をどうするのかも、よく考えてほしいと言ったその言葉通り、ランバートは問いかけることはなかった。

それに甘えて、ノエルも答えを出さずにいる。父親を庇いたいわけではないが、やはり一度も会わずに結論を出したくないという思いもある。ひどくても、そうでなくても、やはりノエルにとっては実の父親だ。

そういう点を慮《おもんぱか》ってくれる態度も、ノエルは尊敬せずにはいられない。同じ立場に立って、はたして自分はこんなふうに相手の決断を待つことができるだろうか。

いろいろな点で、ランバートは尊敬に値《あたい》する人だと、ノエルは思うようになっていた。

大きく伸びをして、ノエルは首を回す。つい夢中になって本を読んでいて、身体が固まってしまった。机から、時計の置かれているマントルピースを振り返ると、もう時刻は夜中になっている。

寝る前に少しだけのつもりで読書を始めたのに、ずいぶん遅くなってしまった。

けれど、少しだけほっとしてもいる。きちんと夜着に着替えてから読書を始めていたので、自分付きの従僕エイムズに夜更かしをさせずに済んでいたからだ。

以前、一度失敗して、エイムズに迷惑をかけてしまっていた。

「先に着替えておいてよかった……」

ノエルは胸を撫で下ろす。

使用人たちの朝は早い。ノエルのような立場は寝坊が許されても、彼らに寝坊は許されない。

白い夜着の上から厚手のガウンを羽織《はお》ったノエルは、本を手に立ち上がった。最後まで読んで、ここで切りにするべきなのだが、どうしても続きが気になる。

本を抱えて、ノエルはそっと自室から忍び出た。

夜中のことで、邸内はシンと静まり返っている。足音を立てないように気をつけながら、自室から階下に下り、図書室に向かう。ベックフォード伯爵邸の図書室は、ノエルの育った修道院など比較にならないほど蔵書が多く、読んでも読んでもまだ本が尽きない。

思いがけなく軋《きし》む音が大きく出て、慌てながらもノエルは図書室の扉を開けて、中に入った。手にしたランプで本の在り処を探し、読み終わった本を戻して、続きを手に取る。

「さむ……」

年も明けて、寒さもより厳しくなっている。外に雪がちらつくことも多く、時に積もりもした。夜ともなればずいぶん冷える。早く部屋に戻って、暖炉《だんろ》に当たりたい。手をさすりながら、ノエルは図書室を出た。廊下をぐるりと回って、自室に近いほうの階段に向かう。

と、通路の窓から居間の灯《あか》りが灯《とも》っているのが見えた。誰かいるのだろうか。

不思議に思って窓から見える居間を覗くと、ランバートがグラスを手に座っているのが見えた。

「こんな時間に……？」

近隣の貴族や上流階級の人々から夜会に招待されている時でなければ、ランバートの夜は早い。十時には自室に入り、翌日早朝からの乗馬に備えて早めに就寝するのが常だった。

いったいどうしたのだろう。ノエルは小首を傾げる。

けれど、不意にランバートが立ち上がるのが見えて、慌てて手にしていたランプを下げた。見つかりたくないと反射的に思ったのは、ランバートが険しい顔をしていたからだ。ノエルが見たことのない厳しい表情をしていた。ノエルは柱の陰にそっと隠れるようにして様子を窺《うかが》う。

立ち上がったランバートはそのまま、フランス窓を大きく開き、テラスに一歩出る。白い息を吐き出しながら頭上の星を見上げたランバートは、どこか悲しそうでもあった。

ノエルの視線が落ちる。あまりに切ない表情に、自分が見てはいけないものを見てしまった気まずさが湧き上がり、盗み見たことが罪悪感に繋がる。きっとランバートも見られたくはないはずだ。

窓辺から離れ、ノエルはのろのろと階段に向かった。なんとはなしに、ノエルの気分も落ち込んでいた。ランバートがあまりにも、なにかの悲しみをこらえるような表情をしていたためだろうか。

いつもノエルには穏やかな顔しか見せない人だったが、本当はもっといろいろな悩みや苦しみもあるのかもしれない。ただ、それをノエルには見せないだけで。

——たぶん……僕が子供だから……。

ノエルは唇を噛みしめた。

十八歳を子供というのは間違っているだろう。しかし、精神性において、自分がとてもランバートの相談相手にはならないということを、ノエルはよく理解していた。自分は庇護《ひご》される者であって、対等の相手ではない。

なんとなく、それが苦しい。もちろんランバートは三十歳を越えているような大人の男——正確には三十三歳——であるし、十五歳も若いノエルがまともな相談相手になり得ないこともわかっている。

けれど、ランバートのあんな悲しそうな顔を見たくない。

——早く……もっと早く、一人前になりたいな……。

そうして、ランバートを支えることはできなくても、少しは楽しませることのできる大人になれたらいいのに、とノエルは思う。

甘えるばかりでは駄目だ。ランバートを支えられるだけの大人の男にならなくては。

そのままなんとなく本の続きを読む気になれず、ノエルはベッドに入った。

夜空を見上げ、ランバートは凍えるような白い息を吐き出した。兄が生まれたこの日を盛大に祝う宴はもうない。たった一人の祝宴ももう八回を数えていた。

——あともう少しだ、兄さん。今度こそ、あの男を這《は》いつくばらせてやる。

あの日の誓いを、ランバートは胸に呟く。

それを実現させるべく、零落したベックフォード伯爵家を懸命に立て直した。領地の経営、それから、そのための資金を得るべく、わずかばかりの自身の財産を投機に当て、着実に増やした。時代が、新技術への投資を盛んに必要としたこともラッキーだった。

軍隊時代の友人たちの助けもあって、ランバートは数年で、以前に劣らぬ資産を築き上げた。

そうして、シスレー男爵エイブラム・ユアン・ブライスへの報復に着手した。彼の事業のことごとくを邪魔し、取引を奪う。金に執着するあの男からすべてを奪うのが、ランバートの復讐《ふくしゅう》だった。

ランバートの巧妙な手段で、男爵家の家財はしだいに傾き、持ち物を売りに出すことも多くなった。けれど、それでも彼は屈しようとはしなかった。

金がなくなれば、まだ結婚という手段が残っている。端正な容姿、不運な紳士というレディたちが喜ぶ恰好の評判を背景に、エイブラムは七人目の花嫁を見繕《みつくろ》おうとした。

むろん、それもランバートは許さなかった。みすみす手をこまねいて、不幸な花嫁をこれ以上作り出す気はない。だから、これまでと反対の噂《うわさ》を社交界に流した。

なぜ、六人の妻たちがことごとく死んでいるのか――。

もちろん、そこに法に反した行いはない。エイブラムはあくまでも、自身の手を汚さずに片をつけてきた。無理な妊娠を強いることで、あるいは、冷ややかな罵倒《ばとう》や虐待で追い詰めることで。

証人はいる。

ランバートはかつてエイブラムの妻に仕えたことのあるレディーズメイドを買収して、自身の愛人に仕えさせ、そこからおぞましい噂を流させた。噂は有力なレディからレディへと伝わり、今、エイブラムの評判はかつての不運な紳士から恐ろしい怪物へと変貌している。

これによって、あえて彼に娘を嫁《とつ》がせようとする者はいなくなった。多額の持参金を吸い上げられた上で死に追いやられるのだ。いくら男爵夫人になれるからといって、誰が娘を与えようか。

けれど、それでもエイブラムは屈しようとはしなかった。自分の歯車を狂わせていったのがランバートだと知っても、却《かえ》って亡き兄を罵倒するだけであった。バートランドが間抜けなのだ、と。

「…………っ」

グラスを持った手が震える。血を吐くような眼差しで、ランバートは空を睨んだ。

エイブラムがもしも憐《あわれ》みを乞うたなら、ランバートもここまでは考えなかっただろう。

ノエルに罪はない。あの恥ずべき男の血を引く息子だというのに、修道院育ちの彼は十八歳とは思えないほど純朴で、無垢《むく》だった。その彼を利用しようとする自分は、きっと地獄に堕《お》ちるだろう。

だが、それでもかまわない。

ノエルは、エイブラムが焦《こ》がれてやまない、たった一人の生き延びた息子だった。

笑止なことに、エイブラムは数年前にノエルの存在を突き止めていたが、迷信めいた恐れに怯え、息子を即座に引き取らなかった。

十三回の妊娠で、四回の死産と五回の流産、なんとか産まれた四人もあるいは赤子で、あるいは幼い内にすべて死んでいる。

まだ十代の初めだったノエルを引き取ったら、この息子も死んでしまうのではないかとエイブラムは怖れたようだった。神の家である程度の年齢まで育てさせたほうが安全だ、と。

――ふん、多少は自分の悪辣《あくらつ》さを自覚していたのか……。

だが、おかげで、ランバートにチャンスが巡ってきた。

エイブラムがなによりも大切にしている唯一の息子――。

財産だけでなく、息子までもランバートに奪われたなら、エイブラムはどれほど絶望することだろうか。あるいは、ランバートの手でどうしようもない愚息に貶《おとし》められたら。

それこそが、ノエルを引き取った目的だった。

――兄さんの絶望を、おまえもとくと味わうがいい。

ノエルに恨みはないが、エイブラムを許すことはできない。

テラスから振り仰ぎ、ランバートはノエルのいる部屋の辺りを見上げる。チカリ、と灯りが見えた気がした。まだ本でも読んでいるのだろうか。エイブラムに似ず、ノエルは読書の好きな真面目な青年だった。だが、それもあともう少しのことだ。

――ノエル、楽しい遊びをたくさん教えてやろう。若い男なら誰でも夢中になるロンドンのお楽しみを、好きなだけ味わわせてやる。

純朴なノエルも――いや、純朴であるからこそ容易《たやす》く、悪徳に染まっていくだろう。湯水のように金を遣う楽しみ、修道院では禁じられていただろう肉の快楽。どちらも、若い男には一番の遊びだ。

「……堕ちろ、ノエル」

暗い眼差しで、ランバートはノエルの部屋の窓を見つめた。


翌朝、朝食室で会ったランバートは、いつもの穏やかなランバートだった。

「おはよう、ノエル」

「……おはようございます、ランバート」

昨夜の悲しみの影は少しも見えない。あれは夢だったのではないかと思えるほどだ。

ノエルのわずかな躊躇《ためら》いに、ランバートはすぐに気づく。心配そうに顔を覗き込まれた。

「どうした？　なにか困ったことでもあるのか、ノエル」

「あ……いえ、違います。ちょっと……その……あ！　昨日、夜更かしをしてしまって、まだ頭がぼおっとしているだけです。ごめんなさい」

慌てて、ノエルは言い訳する。夜更かしをしていたのは本当だ。ランバートがクスリと笑う。

「また読書をしていたのか？　ノエルは本を読むのが大好きなのだな」

「はい……あ、でも、今度はちゃんと着替えてから読んだので、エイムズは付き合わせていません」

従僕は休ませたと言うノエルに、ランバートが満足そうに頷きを返す。自分たちの世話をしてくれる従僕は、使用人であると同時に最も近しい人間でもある。彼らの暮らしに目を配るのも主人としての役目であると、ノエルはランバートから学んでいた。

そこでふと、気づく。エイムズならば、ランバートに昨日なにがあったのか知っているかもしれない。ベックフォード伯爵邸に来て数ヶ月が経ち、ノエルにも、静かに控えている使用人たちが実は様々なことを知っていることがわかってきていた。

これは好奇心ではない。ランバートが心配なだけだ。

自分にそう言い訳して、ノエルは午後の乗馬のレッスンを待った。乗馬服に着替える時に、エイムズに質問できる。

上《うわ》の空で午前の授業を終え、ノエルはエイムズの待つ自室に向かった。エイムズがわずかに驚いた様子で、ノエルを迎える。

「お珍しいですね。そんなにお急ぎのご様子でおいでになるなんて。いつから乗馬がお好きになったのですか、ノエル様」

ノエルがなかなか乗馬に慣れないことを、エイムズはよく知っている。それを見透かされて、ノエルは赤面しながら、口の中でもごもごと「そんなことはないよ……」と呟いた。

エイムズに手伝われて、乗馬服に着替えていく。その間、どうやって切り出そうかと、ノエルはタイミングを窺っていた。いざ訊くとなると、どうしたら自然に切り出せるのか案外難しい。

ここに来てからランバートが誂《あつら》えてくれた乗馬服を身に着け、最後にジャケットを着せてもらう。

「ありがとう、エイムズ」

礼を言うと、エイムズがくすくすと笑った。

「お急ぎになるのも当然ですよね。今日は、旦那様もお付き合い下さるのでしょう？」

「え……？」

そんなことは初耳で、ノエルは驚いてエイムズを振り返った。その様子に、エイムズはしまったという顔をして首を竦《すく》める。

「どういうこと？　今日はランバートが乗馬に付き合ってくれるの？」

問いつめると、仕方がないといった様子で教えてくれる。

「わたしが言ったことは内緒ですよ。きっと旦那様はノエル様を驚かせようとしておられるはずですから」

「僕を驚かせようと……」

ノエルは首を傾げて呟く。もしや、今朝少しぼんやりしていたから、そのことを心配してだろうか。ランバートならいかにもあり得る話だった。ここに来て以来、なにくれとなくノエルの様子に心を砕いていてくれる。知らず、ノエルの頬がうっすらと赤くなった。

それを、エイムズが微笑ましげな眼差しで見ている。ノエルより十歳ほど年長のエイムズの目には、ノエルのするなにもかもが微笑ましく映《うつ》っているようだった。修道院育ちのために年齢よりも少し幼げな振る舞いが、よけいにそう思わせているのかもしれない。

いずれにしろ、使用人たち一同に慕われているランバートを、同じように尊敬しているノエルは、彼らからも好感を持って受け入れられていた。可愛らしい坊ちゃまだ、と。

「僕……ランバートに迷惑をかけてばかりいるよね」

申し訳なくて、ノエルは反省の気持ちを込めて呟く。それを、なにを言っているのだと、エイムズが笑い飛ばす。

「迷惑だなんて、旦那様は思ってはいらっしゃいませんよ。ノエル様がいらしてから、ずいぶんよくお笑いになるようになられました。こんなに明るい旦那様は、バートランド様が生きてらした時以来だとルーサムさんの奥さんが言っていましたからね」

ルーサムはベックフォード伯爵家の執事だ。古くから仕えている、この家の生き字引のような老執事だった。

「バートランド様？」

初めて聞く名に、ノエルは訊き返す。すぐに、エイムズは教えてくれた。

「旦那様のお兄様ですよ。たしか、八年前……だかに亡くなられたとか。わたしたちはこちらのお屋敷に来てまだ四年といったところですが、ルーサムさんご夫婦は長いですからね。よく昔の伯爵家のことを教えてもらうんです」

「お兄さんがいたなんて、知らなかった……」

八年前といえば、ランバートは二十五歳だ。ということは、ランバートの兄もそれに近い年齢だったろうと思う。その兄を失くして以来の明るさ——。

ランバートから笑顔が失われたのは、兄が亡くなったことが原因だったのだろうか。エイムズの話からは、そのように窺える。

——昨夜のランバートは、なにかお兄さんのことを思い出していたのかな……。

誰かを偲ぶような眼差しで、星空を見上げていた。

キュッと、胸が痛くなる。違うかもしれないが、しかし、もしそうなのだとしたら悲しすぎる。

しばし唇を噛みしめていたノエルは、強いて笑みを浮かべて顔を上げた。

「僕、せいぜい驚かなくちゃね。サプライズが成功したら、きっとランバートも楽しいだろうし」

「はい、ノエル様」

エイムズがにっこりと笑う。それに笑みを返し、ノエルは自室を出た。

昨夜、なにがあってランバートがあんな顔をしていたのかはわからない。けれど、ノエルが来て、ランバートが明るくなったというのなら、ノエルにできることはひとつだ。

明るく、元気に。そうして少しでも、ランバートが笑みを取り戻せるようにしよう。弾むような足取りで、ノエルは厩《うまや》へと駆けた。

そこでランバートの登場に、目を見開いて驚いてみせる。

「ランバート……！」

「ふふ、ノエル。今日の乗馬は、わたしが教えよう」

ランバートは楽しそうだ。それを見たノエルも嬉しさで胸がいっぱいになる。

時に厳しく、けれど、丁寧な指導に導かれながら、ノエルはその日の乗馬を心から楽しんだ。

「――これなら、ハイド・パークでも立派に馬を御せられるな」

「ハイド・パークって？」

首を傾げたノエルに、ランバートが教えてくれる。

「ロンドンの公園だ。午前中はそこで多くの貴族が馬を見せびらかすんだよ。少し早いが、二週間後にはロンドンだ、ノエル」

「え……!?」

「本格的な社交シーズンは五月からだが、二月辺りからぽつぽつ皆が領地からロンドンに集まり始める。初めてのノエルにはちょうどいい規模だろう。覚悟しておきなさい」

そう言うと、馬の腹を蹴る。勢いよく走り出したランバートに、ノエルも慌てて馬を走らせた。けれど、頭の中は軽くパニックだ。

——もうロンドンだなんて……！

たしかに英語はかなり話せるようになった。ダンスも下を向かずに踊れるし、社交界でのマナーも一通り頭には入れた。

けれど、ロンドン。そして、社交界。自分はちゃんとついていけるのだろうか。

ノエルは不安でたまらない。しかし、ランバートがすると言うのなら、従うしかない。

——二週間後……。

ひとつだけではなかったサプライズに驚きながら、ノエルは懸命に、ランバートを追って馬を走らせた。

§第三章

馬車に揺られて、ロンドンの街に入る。ベックフォード伯爵家のタウンハウスがノエルたちのロンドンでの住まいだ。ケンブリッジシャーのマナーハウスと比べると多少手狭《てぜま》だが、ほとんどの貴族たちの屋敷と比べれば充分広い。

「代々の我が家のタウンハウスだ」

そう誇らしげに言ったランバートを、ノエルは憧憬《しょうけい》の眼差しで見上げていた。

代々とはいっても、これだけのものを維持するのにどれほどの費用がかかるか。ノエルにも想像がつくようになってきている。

マナーハウスにいる間も、ランバートは日々領地の経営に精力を傾けていた。忙しそうに各領地の管理人と話をしていることもしばしばだ。そうやって、この広大な伯爵家のすべてを維持している。

ロンドンに着いても、ランバートが落ち着く暇はない。すぐに招待状があちこちからやってきたり、訪問客を出迎えたりが始まる。その合間にも、ノエルをあちこちのギャラリーや大英博物館に連れていってもくれた。社交界よりも、ノエルとしてはこちらのほうが大歓迎だ。

けれど、手間を惜しまず連れ出してくれるランバートに、ノエルはつい心配になる。

「僕にまで付き合って下さらなくても大丈夫ですよ。一人でも見物はできますから」

「おや、ノエルを案内する楽しみをわたしから奪うつもりかい？　まだ本格的な社交シーズンまでは間がある。それまで、二人で楽しく過ごそうじゃないか」

気安く顔を覗き込まれて、ノエルは思わず微笑んでしまう。ランバートと過ごせる日々は、ノエルにとってはたいそう楽しいものだったからだ。領地にいる時よりもずっと側にいられる。そして、それをランバートも楽しんでいる様子なのが嬉しい。

このままこういうことだけで過ごせればいいのに、と心の中でノエルは願う。夜会や劇場などの面倒な場から逃げていられたら、そのほうがずっといい。

けれど、そんな日々は長くは続かない。

ロンドン入りして一週間ほど経ったある日、その時はやってきた。

肩の凝《こ》らない社交場だよ。

その言葉でノエルが連れ出された場所には女性がいた。ランバートが薄く微笑んで告げる。

「博物館やギャラリーですれ違う女性にもどぎまぎしていたからね。考えてみれば、ダンスレッスンの教師は男性だったし、ノエルは女性と踊ることに慣れていないだろう。だから、もっと気楽に、まずは女性そのものに慣れたほうがいいかと思ってね。大丈夫。君のように不慣れな青年の扱いは心得ている女性たちばかりだ。安心して失敗してきなさい」

ノエルは目のやり場に困惑している。導かれた広間では、肩を出し、胸元を大きく開けた女性たちがくるくると、男性たちと踊っていた。夜会ではそういうドレスが正装だと、ノエルも伯爵邸にあった肖像画で知っていたが、実物を見るのは初めてだ。そして、実物はさらに衝撃的だった。

「大丈夫か？」

ランバートはノエルの反応を予想していたのか、苦笑している。ノエルはただただ俯くしかない。

そこに、女性が歩み寄ってくる。正確には、ランバートへだ。

「ベックフォード伯爵様、ようこそおいで下さいました。お待ちしてましたのよ。――こちらが、お話にあった坊や？」

「ああ。御覧の通り、初心《うぶ》な青年でね。ここで少し、女性に慣らしてもらいたいんだ。これでは、夜会ひとつ行けそうにないからね」

坊やとか初心とか、落ち着いた状態で聞けば恥ずかしいことを言われているのだが、今のノエルはそんな状態ではない。ともすれば女性の大胆に開いた胸元に目が釘付けになりそうで、どうしたらよいのかわからずにいた。

そんな様子を見てとった女性が、小さく笑う。ノエルに経験がありさえすれば、訳知った女性の物慣れた笑いだとわかっただろう。しかし、ノエルにそんな余裕も知識もなかった。

ランバートの腕に軽く腕を絡《から》め、女性が二人を奥へと案内していく。

「おいで、ノエル」

そうランバートに言われて、ノエルは俯いたままついていくしかない。こんな場所で一人取り残されたら、そのほうが恐怖だ。その様子に広間のそちこちからクスクス笑いが立ち上ったが、ノエルには気づくゆとりなどなかった。

隅に置かれたソファの前で、女性が立ち止まる。同時に、腰かけていた女性が立ち上がった。

「伯爵様、クリスティンですわ。初めてのお相手にはちょうどいい娘かと」

「ああ……そうだな。ノエルには頃合いだ。――見てごらん、ノエル。このお嬢さんがお相手をして下さる」

促され、ノエルはおずおずと顔を上げる。ランバートがノエルのために、女性に慣れさせようと選んでくれた相手だ。失礼のないようにしなくては。

「は、初めまして。ノエル・セレスタンです。よろしくお願いします」

軽く礼をして、顔を上げる。面白そうにノエルを見つめる薄い水色の目をした娘と目が合った。

とたんに、ノエルは真っ赤になる。

「まあ……！」

クリスティンと紹介された娘は驚いたように目を丸くする。ついで、柔らかく微笑んだ。

美しいというより、可愛らしい女性だ。透けるように薄い生地を何層にも重ねたハイウエストのドレスは軽やかで、若い彼女によく似合っている。

髪は赤みがかった金髪で、それを後頭部でまとめているが、幾筋かほつれた髪が頬から首筋に垂れている。計算された愛らしさだったが、ノエルにはわからない。

そのノエルの背をランバートが押す。

「さあ、ノエル。クリスティンをエスコートしてさしあげなさい」

「は……はい」

マナーハウスでの日々で教師に教わった通り、クリスティンに腕を差し出す。するりと、彼女の細い手が絡みついてきた。

「この屋敷には素敵な中庭があるのよ。まずはそこを散歩するのはいかが？」

いきなりダンスは難しいだろうと、やさしく提案してくる。

中庭で散歩――。

こんなに魅力的な女性と二人きりで歩くのか。ノエルは思わず、助けを求めるようにランバートを見上げてしまう。

「あ、あの……ランバート……」

わかっているだろうに、ランバートは小さく首を横に振る。

「行っておいで、ノエル。大丈夫、女性は怖いものではないのだからね」

「で、でも……」

腕を絡めてくる彼女の胸が、さり気なくノエルの肘に当たっている。柔らかくて、気が遠くなりそうだ。女性と腕を組んだらこうなるだなんて、誰も教えてくれなかった。それとも、本当はこうならないよう、男性側で上手くかわす方法があるのだろうか。しかし、こんな広間で、どうやってランバートにそんなことを訊ける。

「さあ、大丈夫ですよ。あとはクリスティンに任せて、中庭を眺《なが》めてらっしゃいませ」

女性からも後押しされ、悄然とノエルは歩き出す。その様は、まるでこれから買われる子羊のようないたいけさであった。

「見て。月がちょうどいい具合」

クリスティンが三日月になった月を見上げて、ノエルに視線を向ける。

ノエルは「そうですね」と答えながら、心臓を跳ね上げていた。中庭に出てから、クリスティンはますます無邪気《むじゃき》に身体を押しつけてきて、ノエルを困惑させている。失礼にならないように身体を離すには、どうしたらいいのだろうか。

そのうちにベンチを見つけて、座ろうと提案された。

ノエルはほっとした。ベンチに腰を下ろせば、少なくとももう腕を組まなくてすむ。

「ど、どうぞ、レディ」

クリスティンをベンチに案内すると、腰を下ろした彼女が声を上げて笑う。

「まあ、レディだなんてやめて。わたしはレディなんかじゃないのよ。さ、隣に座って」

軽くベンチを叩いて催促《さいそく》され、ノエルはぎこちなく腰を下ろした。女性の隣に並んで腰かけるなんて、いいのだろうか。いや、女性がいいと言っているのだからきっといいはずだ。でも、本当に？

教師に様々なマナーを教え込まれたはずなのに、緊張したノエルには思い出せない。それどころか、またもやクリスティンがノエルに腕を絡ませてきて、飛び上がってしまう。

「きゃっ……そんなに驚くことないじゃない。本当に初心なのね」

「いや……でも、あの……」

紹介を受けたばかりなのに、もうこんなふうにくっついていいのだろうか。

いや、そもそも、とようやくノエルは作法の一部を思い出す。婚約者でもない女性とこんなふうに二人きりになること自体がマナー違反だ。慌《あわ》てて、ノエルは立ち上がった。

「戻りましょう！　こ、こんなところを見られたら、あなたの名誉に傷がつきます」

「名誉って……」

呆気にとられた様子で、クリスティンがノエルを見つめる。まじまじと眺めて、そして、いきなり笑い出した。

「まあ……まあ、やだ。中庭に行っていいって、伯爵様が言って下さったのを忘れたの？　わたしの名誉って、まあ……うふふ」

「あ……」

指摘されて、ノエルは思い出す。クリスティンの言う通り、二人きりで中庭に出るのは、ランバートの許しを得てのことだった。

――え……でも、未婚の女性と二人きりになるのはいけないって、マナーの先生が……。

ノエルは混乱する。いくら肩の凝らない夜会だからといっても、マナー違反のしすぎではないだろうか。そんなノエルに、クリスティンは呆れ顔だ。小さくため息をつき、腕を引いた。

「さあ、わかったら座って。伯爵様も本当に人が悪いのねぇ。それとも、あなたがあまりに純朴だから、一足飛びに荒療治をしようとしたのかしら。――ほら、座ってってば」

「あ、でも……あっ！」

強引に、ノエルはクリスティンの隣に座らされる。その上、彼女はノエルの両手を握ってくる。そうして甘く見つめて、誘惑する。

「ノエル、そんなにびくびくしないで。誰もあなたを咎《とが》めないから、わたしを抱きしめてみて。ぎゅっと抱いて、好きなところを触っていいのよ」

「そ、そんなこと……っ！」

婚約者や妻というなら別だが、そうではない女性を腕に抱いたり、触れたりするなんて許されない。そんなふしだらなこと。

ノエルは必死に、離れようとする。しかし、クリスティンは逃がさない。ますますノエルに身体を近づけ、迫ってくる。

「もぅ、そんなに怖がるから、伯爵様もあなたをここに連れて来たのよ。――触ってごらんなさいな。ちっとも悪いことじゃないのよ。それとも、女は嫌い？」

不意に、悲しそうにクリスティンが訊いてくる。

そういう問題ではないのだ。ノエルは急いで、否定した。

「そ、そんなことはありません！　でも、あなたとこういうことをするのは間違っています。マナーに外れているし、それに第一……」

ノエルはもう泣きそうだ。マナーよりなにより、こんなことは許されない。

クリスティンがいよいよ迫ってきて、ノエルはたまらず叫んだ。

「いけませんっ。神がお許しになりません！」

「まあ……！」

ほとんど伸しかからんばかりになっていたクリスティンが、驚いたように目を見開く。

「まあ、神様って……まあ！　ここに来て、そんなことを言う人は初めてよ。そういうルールの時以外は」

「ルール……？」

彼女の言う意味がわからなくて、ノエルは思わず訊き返す。クリスティンは肩を竦めて、やっとノエルから身を離してくれた。そうして教えてくれる。

「ルールはルールよ。罰当たりなことをわざとして楽しむやり方もあるのよ。……って、あなたのような人にはわからないわよね。もぅ……単に純朴なんじゃなくて、信仰心がある人じゃないの。伯爵様もどうしてこんな人を……」

ぶつぶつとクリスティンがぼやく。ノエルにはなにがなんだかわからなかった。

「ランバートが……なんなんですか……？」

恐る恐る問いかける。クリスティンは軽く肩を竦めた。

「いいの、こっちの話。――ねえ、それよりノエル、あなたこんな調子じゃあ、貴族の夜会に出ても上手くいきっこないわよ。わたしはそりゃあやりすぎだったけど、腕を組めば胸が当たるのは当然だし、ダンスともなれば、薄いドレスの女性の腰に腕を回さなくちゃならないのよ。できる？」

「そ……れは……」

「言っておくけど、わたし程度のドレスはちっともやりすぎのうちに入らないわよ。このくらいは普通ですからね」

「普通……」

ノエルの顔が青褪める。クリスティンのドレスでさえも充分に剥き出しの部分が多い上に、透けるような生地にはらはらしているというのに、これが普通だなんて！

クリスティンがやれやれといった様子で首を振る。可憐《かれん》でありながら世慣れた仕草だ。そうすると、最初に感じた年齢よりも上に見えてくる。いったいここはどこで、彼女は何者なのだろう。

混乱した眼差しを、ノエルはクリスティンに向けた。クリスティンは同情の眼差しだ。

「ねえ、あなたそんななのに、どうして牧師にならなかったの？　無理して社交界に入ることないんじゃない」

やさしいどこか姉のような口調に、ノエルも少しずつ気持ちがほぐれる思いだ。つい口が開いた。

「……僕も……本当は修道士になるはずだったんです」

「修道士って……。あなた、カトリック？」

問いかけに、ノエルは素直に頷く。

「はい。フランスの修道院で育ったので……」

「まあ、わたしもカトリックよ。アイルランド人なの」

「あなたもですか⁉」

急に、彼女に親近感が湧く。英国国教会がほとんどを占めるこの国で、信仰が同じというだけで同胞の意識が湧いてくる。クリスティンが肩を竦める。

「まあ、そうはいってもこんな罰当たりな仕事をしているから、神様がどう思ってるかは知らないけど」

そうして、ノエルに申し訳なさそうに苦笑する。

「ここはね、娼館なの。わたしは娼婦よ」

「娼……婦……？」

ノエルは首を傾げる。初めて聞く言葉だった。

その反応で、ノエルの無知を知ったのだろう。クリスティンが額を押さえ、天を仰いだ。

「――神様、わたしになにをさせる気ですか」

そうして、考え考え説明を始める。

「娼婦っていうのはつまり……そう、レディのしないことをする女性よ」

「レディのしないこと……？」

ノエルは首を傾げる。今ひとつ意味がはっきりしなかった。クリスティンが困ったように首を傾げ、顔をしかめる。

「つまり……つまり……本当は結婚したらすることを……結婚しなくてもしてあげるというか……」

「それって……たとえば今夜のように二人きりになって、僕が女性に慣れるように手助けしてくれたり？」

そういうことならわかるような気がする。女性に慣れなくてはならないが、通常はこんなふうに二人きりで親しく話すなんて、それこそ婚約でもしなければ許されない。さっき、やたらと身体に触れさせようとしてきたのも、そういう仕事なのだと思えば納得がいく。

クリスティンが微妙な顔をして頷く。

「まあ……そういうことよ。だから……ね、わたしに触ってもいいのよ、ノエル。肩とか腰とか、胸だってね」

「む、胸……!?」

ノエルは真っ赤になる。いくらクリスティンがそういう仕事をしているとはいえ、いきなり女性の胸に触れるだなんて無理だ。真っ赤になったノエルに、クリスティンは朗《ほが》らかな笑いを上げる。

「冗談よ！　真面目《まじめ》な修道士さん。上級ステップに上がる前に、まずは普通に女性をエスコートできるようにならないとね」

「は、はい……それでお願いします」

ノエルはほっと胸を撫で下ろす。ここに来た目的は、夜会できちんとした態度がとれるようにすることだ。胸に触れるだなんて、そんなものはどんなマナーブックにだって載っていない。

けれど、他の男性はこういう女性に練習以外のなにを求めるのだろうか。

束の間浮かびかけた疑問は、クリスティンに促されてたち消える。

「さあ、しばらく一緒に散歩しましょう。わたしに腕を貸して、ね？」

「は、はい」

と、胸が当たる。

「こうやって、わざと胸を押し当ててくるレディもいるから、そういう時はそんなふうに赤くなっては駄目よ。なにも起こっていませんって、平気な顔をしていなくちゃ」

ノエルの動揺を見透かしたように、クリスティンのレッスンが続く。

情けない口調で、ノエルは問いかける。

「そ、そんなことをするレディがいるのですか？」

クリスティンは軽やかに笑う。

「まあ、レディといったって、わたしたちと同じ人間よ。女で、綺麗な男の人を見ればやっぱり欲情するものよ」

「欲情……？」

「あら……失礼。これは上級の単語。あなたにはまだ早いわね。ま、とにかく、あなたはとっても綺麗な青年で、そういう青年を好きになるレディはたくさんいるってことよ。今はそれだけ承知しておいて」

「綺麗って……」

自分をそう評されて、ノエルは驚く。ノエル自身は鏡に映る自分をまじまじと見たことはなかったし、容姿を気にするのは厭うべき虚飾だと教えられてきた。けれど、俗世では違うらしい。

困惑しながら、ノエルはクリスティンと中庭を散策する。相変わらず触れてくる身体が気になって困ったが、会話をするのはだんだん楽になってくる。

「だいぶ慣れてきたみたいね。じゃあ、音楽はないけどちょっとダンスをしてみましょうか」

クリスティンが腕を離し、ノエルと向き合う体勢に位置を変える。

「さあ、どうぞ」

促され、ノエルはぎこちなくまずは一礼した。それから、彼女の手を取ろうとする。と、いきなりクリスティンから短い悲鳴が上がった。

「クリスティン……？」

「まずいわ。隠れて！　あなたみたいな人が絡まれたら大変」

腕を引かれ、中庭の茂みに引きずり込まれる。息が触れるような近さで、ノエルはクリスティンと身を隠す羽目になった。しかし、なぜ？

すぐに答えは判明する。スッとした長身だが老年の紳士が、怯《おび》えた目をした女性を連れて歩いてきたからだ。

「やっとわたしの求めに応じたな、ロレッタ。そうやって焦らして、高値をつけたつもりか？」

「……まさか、男爵様。なかなか予定が空かなかっただけですわ」

ロレッタと呼ばれた女性が、口の中で呟くように言い訳する。

男は鼻を鳴らした。すでに髪はすっかり灰色になっているが、高い鼻梁《びりょう》といい、往年の端整さが窺える容貌だ。けれど、端整な容貌とは裏腹に、男は残忍な性格をしているらしかった。

「まあいい、好きなように言い訳していろ。今夜は今までの分もたっぷり、可愛がってやる」

「……ひっ」

ロレッタの反応から、男の『可愛がる』という言葉が文字通りの意味をなしていないことが窺えた。

けれど、いったいなにを？

訳がわからないながらも、助けたほうがいいのではないか、とノエルは茂みから出ようとした。

それを、クリスティンが強く引き留める。

「駄目。駄目だから……！」

「でも……！」

ノエルはなんとかクリスティンを引き剝がそうとするが、彼女は離れない。

そうこうするうちに、男とロレッタは広間から中庭を挟んで向かいにある建物に入ってしまった。

「どうして止めるんだ、クリスティン。彼女は怯えていたじゃないか」

ノエルは憤慨《ふんがい》する。紳士として、というより人として、困っている女性を見過ごすことはとてもできなかった。クリスティンは悲しそうに首を横に振る。

「駄目よ。男爵様はお金を払っているんだから。そのお金の分だけ、ロレッタは男爵様の相手をしなくちゃいけないのよ」

「お金って……じゃあ……じゃあ、僕がランバートに頼んで、さっきの男爵以上の金を払うよ。そうしたら、彼女は男爵の相手をしなくてもいいだろう？」

「そういう問題じゃないわ、ノエル。これは……わたしたちの商売なのよ」

クリスティンがため息をついて、ノエルの腕を叩く。

ノエルにはわからない。少なくとも、男爵がこれからロレッタにしようとしていることは、ノエルとクリスティンのようなやさしいレッスンとは違うだろう。怯えるほどの仕打ちがなんなのかは不明だが、どうして止められないのだ。

クリスティンがまたため息をつく。

「とにかく駄目なの。シスレー男爵がどれほどひどい男でも、客として迎えられている以上、わたしたちに拒否する権利はないの」

「シスレー……男爵……？」

ノエルの表情が凍りつく。

「クリスティン……今、シスレー男爵って……」

「え？　ええ、あの男のことでしょ。シスレー男爵よ。有名なの。最低のクソ野郎だって」

ノエルの顔色が青褪める。

——最低のクソ野郎。

それがシスレー男爵？　自分の父親を罵《ののし》ったクリスティンの言葉が、頭の中で木霊《こだま》する。

たしかに半年前、ランバートもノエルの父親についてよく言わなかった。そして、これが二人目だ。

父は一見すれば端整な、いかにも貴族らしい品の感じられる男性であった。しかし、酷薄さがその目の奥で蠢《うごめ》いていた。とてもよき人物とは思えない。あれが自分の父親か。

——本当に……よくない男だったんだ……。

ノエルは呆然と、胸中で呟く。クリスティンが、ノエルの青い顔に気づいた。

「どうしたの、ノエル」

心配そうに、顔を覗き込まれた。はっとして、ノエルはなんでもないと首を振る。

「あ……あの……ああいう男の人を……見たことがなくて……」

「ああ……そうね、修道院育ちだものね。でも、世の中あんなものよ。修道院の中にいたら、そりゃあ、綺麗なことしか見えないだろうけど、現実って本当に汚い」

呟くように言うクリスティンに、ノエルは言葉を失う。

金をもらって男の相手をする。

その本当の意味をノエルは知らないけれど、さっきのロレッタの様子からもそれが生半《なまなか》なことでないのは察せられる。クリスティンも、きっと言うに言えない苦労を重ねているに違いない。

そして、そんな彼女たちをおそらくは虐げているだろう父親――。

「大丈夫、ノエル？」

クリスティンがそっと、ノエルの腕に手を置く。

その時だった。広間のほうから、誰かが急いだ様子で出てくるのが見えた。ランバートだ。中庭を見回し、ノエルを捜している。

急いで、ノエルは茂みから顔を覗かせた。

「ランバート……！」

「ああ、ノエル、そこにいたのか」

心配そうに駆け寄ってくる。なぜだか、動揺している様子だった。

ランバートはそのまま、今夜はもう帰るからとクリスティンを下がらせた。それから、慎重に訊《たず》ねてくる。

「——ここで男に会わなかったか？」

依然として眼差しには気遣う色があり、ノエルはランバートがなにを案じていたのか悟る。苦いものが滲みでた。

「シスレー男爵……ですよね。大丈夫です。通りすがるのを見ただけですから。でも……お気遣い、ありがとうございます」

「ああ……誰なのかわかったのか。……その、本当に平気か？」

ノエルの様子からなにか感じ取ったのだろう。ランバートが再度、心配して訊ねてくる。

ノエルは小さく、首を左右に振った。

「本当です。男爵とは話もしていません。ただ……」

わずかに口ごもり、ノエルは呟くようにランバートに告白する。他に告げられる人はいなかった。彼だけが……すべてを知っている。

「父は……今でもあまりいい人ではないのですね」

そう呟いたノエルに、ランバートが沈鬱に眉をひそめる。しばらくして、黙って肩を抱いてきた。

「行こう、ノエル。男爵はまだロンドンには来ていないと聞いていたのだが……すまなかった」

「いいえ……少しでも父の姿が見られて、よかったと思います」

本当にそう思う。正式な面会では見られないだろう、取り繕っていない本当の父の姿が見られた。

ロレッタへの態度からして、彼が母を傷つけたというランバートの話は本当なのだと実感できる。

沈んだノエルに、ランバートは無言だ。黙って、館から外へとエスコートしてくれた。そうして、馬車に乗る。

ノエルはじっと、通り過ぎる夜の街並みを見つめていた。

§第四章

一週間ほどが過ぎて、またランバートがノエルを夜の集《つど》いに誘ってくる。

ノエルは躊躇った。再び父を見かけるかと思うと気が重い。それに、他にも気になるものがあった。

ランバートが沈むノエルの気を引き立てるように、やさしく誘ってくる。

「大丈夫だよ、ノエル。シスレー男爵は昨日、領地に戻っている。この間のように、不意にすれ違うことはないはずだ」

わざわざそんなことを調べてくれていたランバートに、ノエルは申し訳なさを覚える。いつもいつも、ランバートはノエルにとって完璧な保護者であろうとしてくれる。

それなのにこんなことを言う自分は不義理だろうかと思いながら、ノエルは口を開いた。

「ごめんなさい。女性の件はもういいんです。頑張って慣れるようにしますから……」

「ノエル……やはりこの間、男爵となにかあったのか？」

気遣わしげに問いかけられ、ノエルは慌てて否定する。

「いいえ……いいえ！　なにもありません」

「なにもなかったという顔ではないな。なにがあったんだ？　いや……なにを見たんだ、ノエル」

両肩に手を置かれて、じっと目を覗き込まれる。

耐え切れなくて、ノエルは視線を背《そむ》けた。父となにかがあったのではない、正確には。ただどうしても、心に引っかかることがある。伯爵家の蔵書を探しても、その答えは見つからなかった。

ノエルはランバートに導かれ、ソファに座らされる。居間の、二人掛けのソファだ。

隣にはランバートが腰を下ろし、ノエルの肩を抱くようにして、様子を窺ってくる。

「ノエル、気になることがあるなら教えてほしい。そんなふうに沈んだ顔をされては心配だ。わたしでは力になれないか？」

真摯にそう訊かれて、ノエルは困り果てる。なんとなく本能的に、人に訊いてはいけないことのように思われて、それでこの一週間というもの訊くに訊けなかったのだ。本にも載っていない。

他の人には訊けなくても、ランバートにならば訊いてもいいのだろうか。

逡巡し、ノエルはそう思い出す。ランバートが本当に心配してくれることも大きかった。自分の我が儘で、せっかくのランバートの厚意を、理由も言わずに退けるのはいけないとも思う。

恐る恐る、ノエルは口を開いた。

「……ひとつ、どうしてもわからないことがあるのです」

「わからないこと？　なんだ、ノエル」

最初はなぜか恐れを感じたのに、今は逆に温かく感じる声が、ノエルを促す。その穏やかさに勇気を得て、おずおずと続けた。

「あの場所です。……クリスティンは、自分の仕事は結婚したらすることを、結婚していなくてもするのだと言っていました。……レディのしないことだと……。それに父……シスレー男爵に連れられていったロレッタはひどく怯えていました。ランバート、結婚したらすることを、結婚しなくてもやるというのは、いったいどういう仕事なのですか？　娼婦というのは、いったいなにをするのでしょう」

「ノエル……」

ランバートが唖然《あぜん》とした様子で、ノエルを凝視《ぎょうし》してくる。ひどく驚いて、呆気にとられているようだった。自分はとんでもなく非常識なことを訊いてしまったのだろうか。

ノエルは困惑して、謝った。

「ごめんなさい、ランバート……。やっぱり、訊いてはいけない質問だったのですよね……。僕……本当に無知で……」

「いや……いや、ノエル。いや……しかし、まさかそこから教える必要があったとは……」

ランバートの口ぶりでは、当然知っていてしかるべきことだったのだと聞こえる。

ノエルは唇を噛みしめた。自分の無知さが恥ずかしかった。

「ごめんなさい……」

「いや……しかし、ノエル、それではクリスティンをどう思っていたんだ？　彼女が君にしたことには……驚いただろう」

どこか様子を窺うように、ランバートが逆に質問してくる。ノエルは頷いた。

「はい。いくら僕を女性に慣れさせるためとはいえ、ずいぶん身体を密着させてくるので……。僕が驚くと、それではもっと初歩から始めましょうと、もう一度散歩から始めてくれたので助かりました。自分の仕事が娼婦というのだとも教えてくれましたし……。でも、本当に夜会のレディもあんな胸元や肩を剝《む》き出しにしたドレスを着たり、腕を組んだ時に、む、胸を押しつけてきたりするのですか？」

一週間前の出来事を思い出し、ノエルは必死の面持ちでランバートに問いかける。

ランバートは絶句していた。信じられないものを見るような面持ちでノエルを見つめ、しばらくして首を左右に振る。

「まいったな……君を育てた修道士たちは、一点の曇りもなく純粋に育ててしまったようだ。いや、あの院の様子から、そうと気がつくべきだった。――わたしが間違っていたな、ノエル。最初にきちんと教えておくべきだった。すまない」

「ランバート……？　なにを言っているのですか……」

ノエルは首を傾げる。ランバートがなにを謝っているのか、なにを気がつくべきだったのか、まったく見当もつかなかった。

苦笑したランバートが、執事を呼ぶ。居間に入ってきた彼に、今夜の外出は取りやめると告げると、ノエルを立ち上がらせた。

「少し、君の部屋に行こう。込み入った話になるから」

「はい……？」

不思議に思いながら、ノエルはランバートについて居間を出て、階段を上がる。ノエルの部屋近くの階段を上がったから、上がればすぐに部屋の前だ。

中に入ると、ランバートはソファに座るよう、ノエルを促す。やはりここでも、ノエルの隣にランバートは腰を下ろした。込み入った話をするからだろうか。

「――さて、どこから話したらいいか」

思案するように、顎に指を当てる。慎重に問いかけられた。

「ノエルは……結婚した男女がなにをするか、知っているか？」

「結婚した男女……ですか……」

結婚すれば、女は男の姓を名乗るようになり、夫と同じ家で暮らすようになる。やがて子供が生まれ、家族が増え——。

しかし、ランバートの口ぶりからそれを訊ねられているのではないような気がした。

とはいえ、答えはわからない。ノエルは結局、思いついたそのままをランバートに答える。

「……なるほど」

ランバートのダークブラウンの眉がひそめられた。はしばみ色の瞳が考え込むように深まっている。

そして、また別の質問を受けた。

「では、子供はどうやったらできると思う」

「それは……結婚したら……自然にできるのではないかと……」

問われて、ノエルは返答につまる。自分でも、口にした瞬間矛盾《むじゅん》に気づいていた。

結婚したら自動的に子供ができるというなら、妻が妊娠しない夫婦はどういうことなのだろう。

「ふむ……結婚したらできる、か。——では、質問を変えよう。ノエルは今度誕生日が来れば十九歳だったな。たとえば夜……どうしてか興奮することはないか？　身体がむずむずするような……特に、下腹部が」

「身体が……むずむず、ですか？」

ノエルは首を捻る。それから、気がついてわずかに赤面した。

「ランバート……それは、あの……いけないこと、ですよね？　神に祈らないと……」

「あそこの修道士は、君にそう教えたのか？」

やさしく、ランバートに訊ねられる。ノエルは真っ赤だ。訊かれているのはあれだろう。十四、五歳から時々ある、下腹部がどうしようもなく疼いて、時に寝起きなど粗相《そそう》をしている、あれ。

蚊の鳴くような声で、ノエルは答える。

「いけないことだと……言われてます。祈りが足らないからだと……あの……あの……申し訳ありません、ランバート！」

たまりかね、ノエルは床にひざまずいた。驚き顔になるランバートに懺悔《ざんげ》する。

「こちらに来てからも何度か……！　でも……でも、けしてあそこには触れておりません！　本当です！　お祈りにもちゃんと行っています。最初に院長様から教えられた通り、けして自分で触れず、治まるまで一生懸命神に祈ってます、本当です！」

「ちょっ……待って……待つんだ、ノエル。わたしはなにも、そのことで君を咎めるつもりはない。むしろ、きちんと正常であったのだと安心したくらいだ。落ち着きなさい、ノエル」

両手を組んで懺悔するノエルを、ランバートが急いで止める。安心したという言葉に、ノエルは縋るように彼を見上げた。

ソファから下りたランバートが膝をつき、ノエルを抱き上げるようにしてまた座りなさいと、立ち上がらせる。ノエルは混乱しながら、ランバートに問いかけた。

「安心した……？　どうして」

「当然だろう。そちらの発育もまだのようなら、いったいどうしたらよいものか困ったところだ。まあ、たしかに、お堅い修道士ならば罪だと教えるところだな、ふふ」

「笑いごとではありません！」

思わずといった具合に含み笑いを洩らしたランバートに、ノエルは声を上げる。あれは、そんな軽い問題ではない。ノエルがどれだけ祈っても、信仰を守って暮らしても、まるで消える気配がない大問題であったのだ。それを笑うなんて……。

ノエルはつい、ランバートを睨む。ランバートは謝罪した。

「すまん。なにも知らない君にとっては、重大な問題だっただろう、悪かった。——だが、実際のところあれは罪とは言えないものなのだよ、ノエル」

「そんな馬鹿な……！　だって、院長様が仰っていました。神がお与えになった試練だから、耐えなさいと」

渋い顔をして、ノエルはそう返した。それが間違っていると言いたいのか。

顔色を変えて訴えたノエルに、ランバートが苦笑する。

「院長もそう言う以外なかったのだろう。これは修道士にとって微妙な問題なのだからね。だが、俗世で生きる男にとってはありふれた出来事だ。普通は先輩や同年輩の友人から教えられるのだが」

「ありふれた……出来事……？」

ノエルは呆然と、ランバートを見上げる。

と、ランバートがノエルの肩に腕を回してきた。抱き寄せられて、耳朶《じだ》に吐息が触れる。

我知らず、ノエルはどきりとした。それにかまわず、ランバートが囁《ささや》く。

「あそこは老人ばかりで、ノエルにああいったことを教えられる人間はいなかったから仕方がない。だから——わたしが教えてやろう」

「ラ、ランバート……なにを……」

どこか甘い響きを帯びた囁きに、ノエルは動揺する。いったいなにが始まるのか。けれど、なぜかいけないことのような気がして、ランバートから逃れようとノエルはみじろぐ。

それを、ランバートの腕があっさりと阻む。

「いけないことを教えるわけではない。わたしがノエルに悪いことを教えたことがあったか？」

そう言われると、ノエルは否定せざるを得ない。出会ってからランバートがしてくれたことは、ノエルのためになることばかりで、その彼の教えを拒絶することはできなかった。

不安いっぱいで見上げると、安心させるようにランバートが微笑む。いつもの温かい、穏やかな微笑で、ノエルはそれを信じるしかなかった。

抵抗をやめたノエルに、ランバートはゆっくりと囁く。レッスン一だった。

「俗世の男は――いや、ノエルは知らないだけで聖職者の男の多くも、皆、こうやって始末をしているのだから、安心しなさい。――まずは、足を開くんだ、ノエル」

「そ………はい……」

抗いたかったが、悄然とノエルは項垂れる。

院長は神の試練だと言った。けれど、ランバートは俗世の男ならば誰でもしている、と言っている。

どちらを信じたらよいのか、頭が混乱する。

しかし、迷いながらもノエルの足は、ランバートの指示通りにそろそろと開いていく。

「――いい子だ」

甘い囁きに、ノエルは絡め取られていった。


ズボンの前立てのボタンを外しながら、ランバートはどうやら興奮しているらしい自分に、内心苦笑していた。

同性を愛する趣味はない。もっとも、ちょっとしたお遊びの経験はある。パブリックスクール時代に下級生からどうしてもと懇願《こんがん》され、じゃれあい程度のことはした。

こんなふうに同性のモノに触れるのは、その時以来だ。

「あっ……ラ、ランバート……！」

開いたズボンからじかに性器に触れられて、ノエルが狼狽《ろうばい》した声を上げる。けれど、ランバートの手に触れられる感触は悪くないようで、愛らしいペニスがピクンと反応している。

ピンク色をした可愛らしい性器だ。

当然だろう。自分自身で触れたことすらないのだから。それが存外ランバートの欲望を刺激する。

――やれやれ……。

こんな子供に欲情するなど、このところ愛人を作っていなかったためか。

一週間前にも、ノエルに女性をあてがっておいた間楽しもうと館の娼婦を選んでいたのに、予期しないエイブラムの登場で、なにもしないうちに帰る羽目になってしまった。

しかし、ノエルには本当に驚かされる。穢れていないとは思っていたが、まさか娼婦という言葉も知らないほど無垢であったとは。

――おまけに、自慰も知らない。

懸命に目をギュッと瞑《つぶ》り、ランバートの手の感触に耐えているノエルに、苦笑が洩れる。

つい可哀想になり、慰《なぐさ》めの言葉を囁く。

「大丈夫だ、ノエル。これは悪いことではない。男なら皆、していることなんだよ。それでも、誰も天罰に当たった者はいない。なぜだかわかるか？」

言いながら、ゆっくりと手を動かし始める。上下に、やさしく。

「ぁ……ん、ん……わから……ない……」

ノエルは上がりそうになる声を必死に耐えながら、会話を続けようとする。そうすることで、自分が淫《みだ》らなことをしている現実がなくなるとでもいうように。

いや、無垢なノエルにはこれが淫らなことだという理解もないかもしれない。今時、社交界デビューしたばかりの令嬢にもなかなかない清らかさだ。

国王ジョージ四世自身が愛妾を作って憚《はばか》らない現在、社交界で愛人を持たない男女はいない。表向きさえ取り繕えば、何人愛人を持とうが咎められない風潮に満ちていた。

そんな世情でデビューする令嬢たちも、もはや無垢ではいられない。清純さを装いながら、自分たちの将来にどんな楽しみが待ち受けているか、ちゃんと承知していた。

もっとも、体面は重要視されていたから、ランバートもレディたちとの遊びには充分気をつけている。必ず既婚者を相手にし、未婚の令嬢にはけして近づかない。豊かな資産を持つベックフォード伯爵の妻になりたい女性は数多く、ランバートとしてはつまらない女性の罠に嵌《は》められる間抜けを演じる気はなかった。結婚を考えるのは、復讐が終わってからだ。

——そう……ノエルはそのための道具だ。

とはいえ、今時めったにお目にかかれないこの無垢さに鼓動が昂るのは仕方がない。

ゆったりと単調な扱《しご》きを続ける内に、ノエルの息遣いがしだいに荒くなる。目をきつく瞑り、頼るようにランバートにもたれかかっているノエルには、名伏し難い可愛らしさがあった。つい、悪戯心が誘われる。

ランバートはそっと、扱いている指の一部を解いて、勃《た》ち上がった先端を撫でてやった。

「……っ！」

声もなく、ノエルが背筋を引き攣《つ》らせる。この愛撫《あいぶ》も気に入ったようだ。

ランバートはいかにも教えているだけといった口調で、ノエルの耳朶に囁いた。

「目を開けてごらん。自分のモノがどうなっているか確認するんだ、ノエル」

「そ……んな……」

今にも泣きそうな声で、ノエルが許しを乞う。

もちろん、ランバートは許さない。含み笑いたくなるのをこらえて、「レッスンだよ」と囁いてやる。

「これはレッスンなのだから、目を閉じていてはいけない。開けなさい、いい子だから」

甘さは極力排し、教師のような口調でノエルに命じる。それでなんとか、これはレッスンなのだと自分に言い聞かせた様子のノエルが、ゆるゆると目蓋《まぶた》を開いた。

「下を見なさい」

「ん…………っっ！」

言われるままに視線を自身に向けたノエルが、大きく息を呑む。見開いた目が信じられないと、己のそれを凝視していた。

「どうした？」

「こ……これ……」

時折来る兆《きざ》しを祈りでやり過ごしていたノエルは、見たこともないだろう。すっかり形状を変えた自身の性器に驚愕《きょうがく》している。ランバートはゆっくりと幹を辿《たど》りながら、教えてやる。

「さっき、なぜ天罰が当たらないか訊いただろう。その答えだ。ここは……」

「……ぁ、ぁ」

そろそろと幹を辿る指に、ノエルが震える声を洩らす。初めての快感に戸惑い、今にも泣き出しそうな顔だ。なんて可愛い。

キスしたかったが、これは愛の交歓ではない。レッスンだ。だから、代わりにランバートはノエルの耳朶をかすめるように囁くことで、我慢する。

「このそそり立つモノで、男と女はひとつになる。女性の裸体を見たことは？　ノエル」

もちろん、ノエルにそんな経験があるわけがない。せっかくランバートが与えてやったチャンスも、あまりの無垢さにふいにしてしまった。

ふるふると、ノエルが首を横に振る。吐息だけで笑って、ランバートは続けた。

「女性の身体は、男とは違う。胸にふくらみがあり……」

「ぁ……」

肩を抱いていた手を滑らせて、シャツの上からノエルの胸を撫でる。そうして女性との違いを意識させながら、花芯を握っていた性器を弛く上下させた。

「股間は……男と違って欠けている。その欠けた部分に、これを挿し入れるのだよ」

「う……そ……」

ノエルが息を喘《あえ》がせながら、信じられないと首を振る。つくづく、修道士たちも罪な育て方をしたものだ、とランバートは思った。

だが、もうノエルは純な青年ではなくなる。ランバートの手で欲望を知り、次に娼館に連れていった時にはきっと、女性との欲望に溺《おぼ》れるだろう。

そそるように睾丸《こうがん》を揉《も》み、またランバートはノエルの可愛い先端を指の腹で撫でた。

「ぁ……ぁ……」

「見てごらん、ノエル。白いものが滲んできただろう」

囁きに、ノエルが自身の先端を見つめる。抱いている腕にはっきりと、動揺が伝わってきた。

「ぁ……これ……」

罪の証《あかし》に涙が滲む。それをチュッと、ランバートは吸っていた。

――おいおい……まるきり愛撫めいてきたぞ。

しかし、ノエルのほうはそれで少し、落ち着いたようだった。頼るように、ランバートを振り仰ぐ。

「これを……女性の中に注いでやるのが重要なんだ。そうして初めて、女性の胎内に子種が宿る」

ランバートはまあいい、と微笑んだ。

「子……供……」

「これをしなければ、いくら結婚しても子供は誕生しない。だから、結婚したら同じベッドで休むんだよ。単に眠るという意味ではない。――わかっただろう？　神がこのことで男を罰しないわけが」

そうして、ランバートはノエルの身体を高めていく。激しくなった手つきに、ノエルが混乱した声を上げる。腹がぴくぴくと波打ち、助けを求めるようにそのエメラルドグリーンの目がランバートを見つめた。可愛らしいことに、初めての感覚に涙が滲んでいる。

「あ、あ、あ……やだ……やだ、なんか……来る……っ」

「もうすぐ絶頂だ。よく憶えておきなさい、ノエル。男は皆、こうして結婚の準備をしていくんだ。自分で、何度もこれを鍛《きた》えてね。――さあ、イきなさい」

ビクビクと震えるノエルの性器を、ランバートはせわしなく扱いた。ノエルの全身が緊張する。背筋が仰《の》け反り、ギュッとランバートの上着の裾を握りしめてきた。そして――。

「あ、あ……駄目……駄目……っ！」

ビクンと下肢《かし》が突き上がり、ノエルが硬直する。素早くあてがったハンカチに、ノエルの初めての蜜が迸った。

「やっ……あ、ぁ……」

濃厚なものがたっぷりと、ランバートの掌を汚し、ハンカチを濡らす。ビクン、ビクン、と絶頂の余韻《よいん》に戦慄《わなな》く下肢を、ランバートは満足の思いで見下ろした。

十八歳にして初めての、人の手による絶頂だ。その快美はいかばかりのものだろうか。

ランバートの腕の中で、ノエルは目を閉じ、胸を喘がせている。しどけなく開いた足、突き出た体勢のままの腰、林檎《りんご》色に染まった頬。すべてが、ノエルの快感の強さを表していた。

やさしく、ランバートはノエルの後始末をしてやり、初めての快感を味わった性器をズボンに入れてやる。そうして、子供にするように軽く、頬にキスしてやった。夢見るように、ノエルの目が開く。

「ぁ……ランバート……」

まだ快感の波間をたゆたっているのか、とろんとした眼差しで見上げてくる。

その甘え切った目になんだかむしょうに煽《あお》られて、ランバートは仕舞ったばかりの下腹部を、またそそるように撫でてしまった。

「……ぁ」

甘く、ノエルが声を上げて、目を閉じる。

いけない。このままではまた触れたくなってしまう。それはさすがに躊躇われ、ランバートはノエルをそっとソファに横たえる。子供のように素直に横になったノエルに、ひそと囁いた。

「――次からは自分でやるのだよ、ノエル。方法はわかっただろう？」

「……ぁ」

自分で、という言葉に、ノエルの目が怯えて開く。それに保護者らしく微笑んで、ランバートはノエルの部屋を出ていった。あとには、困惑したノエルが残された。


数日後、ノエルは再び、娼館に連れていかれた。

今度はさすがに、ノエルにもクリスティンたちの仕事がなんであるのか、わかっている。

あの、脳髄《のうずい》がどうかなりそうな快感――。

ランバートはあれを、男が女性を孕ませるための準備だと言っていた。だから、自分でしても神は男を罰しないのだと。クリスティンの言っていた、結婚した男女のすることを、ここでは結婚していなくてもしてやるという言葉の意味を、ノエルはようやく理解していた。

女性の欠けている部分に、男の硬くなったモノを挿れ、そうして、あの白い胤《たね》を女性の胎内に撒《ま》く。信じられない行為だった。しかもそれを、結婚という神聖な約束もなしにする場所があるだなんて。

「これも、男のレッスンのひとつだ、ノエル。クリスティンに男にしてもらいなさい。自分の手で扱くよりも、もっと気持ちよくしてもらえる」

「そ……でも……。あの……ランバート、も……？」

思わず問いかけたノエルに、ランバートが無言で唇の端を上げる。そのまま到着した馬車を降り、娼館に入っていくランバートを、ノエルは自分でも意外なほど狼狽しながら見つめた。

――ランバートもするんだ……女性と……。

欠けた部分と、出っ張った部分。神は人間の男女を娶せるように作られた。けれど……。

ノエルもクリスティンに迎えられ、寝室へと誘《いざな》われる。

しかし、ノエルの悲痛な目は、別の部屋へと消えていくランバートをじっと見つめ続けていた。


結局、クリスティンとはなにもしないまま終わった。

ノエルが修道院で育ったことを知っているクリスティンは、同じカトリックのよしみなのか、できないと言うノエルの意思を尊重し、なにもしないでいてくれた。

なんとなく沈んだ様子のノエルに、ランバートは首尾が上手くいかなかったのかと案じて、また別の日に気晴らしだと、今度はクラブへ連れ出してくれる。

大人の男の楽しみだとカード賭博を教えられ、少額であれば賭け事も楽しいものだよと言われたが、ノエルにはどこが面白いのかわからない。そんなノエルの純朴さを、ランバートの知り合いの紳士たちが微笑ましげに見ていたが、ノエルは戸惑うばかりだ。その上、クラブではそれまでノエルの知らなかったランバートの暮らしを垣間見ることになり、動揺させられた。

「今度は白薔薇館の女を囲うのか？」

カードを繰《く》りながら問われ、ランバートが薄く笑う。

「いっそその筋の女のほうが後腐れない気もしてな」

「ふん……たしかに、去年まで愛人だったボーデン侯爵夫人は、切るのが大変らしかったな」

「侯爵夫人は本気で君に惚れていたそうじゃないか。本気になった女ほど厄介なものはない」

口々にそう言われて、ランバートは軽く肩を竦める。

「お互い、遊びなのはわかっていたはずだ。それがこのゲームのルールだろう」

「やれやれ、冷たいことだ。君のような男を本気にさせるのは、いったいどんなレディなのやら……」

「今の時代、男の本気に相応しい貞淑なレディなどいないだろう。ボーデン侯爵夫人も、あれほど愁嘆場を繰り広げたわりに、もう新しい愛人と仲良くやっているではないか」

ランバートが皮肉気に笑う。屋敷でノエルに見せているのとはまったく違う、浮気な男の顔だった。

ノエルの胸が、なぜかツキンとする。

――女性がいるんだ……。

ランバートにはこれまでにも愛人がいて、今また娼婦を囲おうとしていることが、なぜだか苦しい。

ふと、耳元で甘い囁きが蘇って、ノエルは慌てた。

――さあ、イきなさい。

その声とともに激しく扱かれ、絶頂に達した自分を思い出してしまう。

ノエルの白い頬に、うっすらと血の色が上る。けれど、蘇った記憶は消せない。

今後は自分でやれとランバートは言ったが、あれからノエルが自分で自分を慰めることはなかった。あの時間を思い出すたびに身体が熱く、特にずっと扱かれていた果実はドクドクと脈打ったが、とても触れられない。触れれば、自分がなにを思い出すのか明白だったからだ。

ランバートの手、ランバートの吐息、胸を這った感覚すらも蘇り、ノエルを慌てさせた。

こんなのは間違っている。女性に対して思うならまだしも、自分と同性のランバートに触れられたいと思うなんておかしい。

主は同性との淫らな行為を禁じられた。自分で自分を慰めるよりも、なお悪い行為だ。

——僕は堕落した……。

思うだけでも許されることではない。自らの堕落に、ノエルは怯えた。怯えながらも、目でランバートを追うことをやめられない。話に耳を傾けずにはいられない。

たまらず、ノエルはランバートに囁く。

「すみません、ランバート。あの……先に帰ってもいいですか？　ちょっと気分が……」

皆の邪魔をしないように声を潜《ひそ》めたノエルに、ランバートが眉をひそめる。すぐに、そのはしばみ色の瞳に心配の色が浮かび上がった。

「大丈夫か、ノエル。すぐに帰ろう」

そう言うと、ゲーム相手に申し訳ないと言って、席を立つ。ノエルは慌てて、ランバートは残ってくれていいと遮《さえぎ》る。

「大丈夫ですから。一人でも帰れますから……！」

「いや……顔が赤いな。熱でもあるか」

赤らんだ頬に手の甲で軽く触れられる。親しげな接触に、またノエルの体温が上がった。

それを発熱と勘違いしたランバートが、有無を言わせずノエルを連れてクラブを出る。すぐに自家の馬車を玄関に回すと、押し込んだ。

ノエルは申し訳なさに身が竦む思いだ。体調が悪いというのは先に帰るための言い訳で、本当に具合が悪いわけではない。それなのに、そんなノエルの嘘のためにランバートまでクラブから引き剝がすことになるなんて、まったく考えていなかった。

「ランバート、本当に僕は大丈夫ですから……。せっかく皆さんと楽しんでらしたのですから、どうぞ戻って下さい」

必死のノエルに、ランバートがふっと顔を綻ばせる。申し訳なさでいっぱいのノエルを宥めるような、やさしい笑みだった。クラブを辞す時に嵌めた手袋を、ランバートが無造作に外す。片方の掌《てのひら》がじかに、ノエルの頬を包んできた。

「こんなに熱くなっている子を、一人で帰せるわけがないだろう。体調が悪い時には誰でも心細いものだ。よけいな心配をする必要はない、ノエル」

「でも……」

それでもまだ反駁《はんばく》しようとするノエルの唇を、頬を包んでいた手の人差し指が止める。軽く唇を押さえて、指は離れた。

「黙りなさい。いいかげんにしないと、着替えて、寝かしつけるところまでついていくよ。子供相手みたいにね」

「そんな……！」

また子供扱いされて、ノエルは力なく抗議する。ランバートに子供扱いされるのはしょっちゅうで、そのたびにノエルは情けない気持ちにさせられる。自分の未熟さを思い知らされるようで――。

不満そうに、けれど、やっと反論をやめたノエルに、ランバートは満足そうに目を細める。再び手袋を嵌め、馬車の座席にもたれかかって、ノエルを見遣《みや》った。やさしい眼差しだ。本当にノエルの具合が悪いと心配してくれている目だった。

嘘をついた自分が恥ずかしくなる。恥ずべき理由からの偽りであるのに。けれど、これ以上の弁解はランバートを不快にさせてしまうだろう。

ノエルは押し黙った。目を閉じて、座席の隅に頭をもたれさせる。

「……つらいか？」

慰めるように、ランバートが手を握ってくれる。泣きたくなるほどやさしくて、ノエルはわずかに目を開いて、自分の手を握るランバートの手をじっと見つめる。なんとはなしに、口が開いた。

「……子供の頃、熱を出すといつも誰かしらが手を握って、ずっとついていてくれました」

「そうか」

ランバートの返事は静かだ。

「ラ・ロシュファールは十人にも満たない修道士しかいない小さな修道院でしたけど、そのせいかどうか、みんな家族みたいで……温かくて……」

それでふと、ノエルは気づく。ランバートとの暮らしで知った知識だ。

「ランバートは……やっぱり乳母《ナニー》が？　貴族の家ではナニーが子供の面倒を見るって……」

小さく、ランバートが息をつく。

「そうだな……ナニーが母親みたいなものだった」

「お母様は……？　ナニーに任せっぱなしだったんですか？」

疑問に思って、ランバートに訊く。ランバートは窓の外を、どこか冷淡な眼差しで眺めていた。

「──彼女は、わたしの世話をするような女性ではない」

斬って捨てるような言い方だった。

ノエルはランバートを見上げる。『彼女』という言い方にも隔意《かくい》を感じた。

「あ……の、ランバート……ランバートのお母様は……」

「聞くな。──そう言えば、どういう母親だったのか見当がつくだろう？」

ため息交じりに、ランバートが言ってくる。

自分はどうやら、触れてほしくない話題を口にしてしまったようだ。

まずいことを訊いてしまったと臍《ほぞ》を噛んだノエルは、慌てて別の話題を振ろうとして、却ってより危険な名前を出してしまう。家族の話題からふと頭に浮かんでしまったためだ。

「で、でも……お兄さんはやさしかったのでしょう？　お兄さんがいた時のランバートは明るかったって……っ」

途中まで口走り、ノエルは息を呑《の》む。ランバートが見たこともない厳しい目で睨んできたからだ。

それでやっと、自分がもっとまずいことを口にしてしまったことに気づく。

──お兄さんのこと……なにか事情がありそうだから、ランバートが言うまでなにも訊かずにいようと思っていたのに……！

急いで、ノエルは謝罪する。

「ご……ごめんなさい！　僕……」

「……兄についてなにを聞いた」

押し殺したランバートの声の響き。最初に会った時にノエルが感じた恐れが、その響きには混ざっていた。ノエルはギクシャクと、首を左右に振る。

「たいしたことはなにも……。ただ、なにかの話の流れで一度、お兄さんがいた時のランバートはもっと明るかったって……。だから、お兄さんとランバートはきっと仲がすごくよかったんだろうなって……思って……」

ノエルの答えに、ランバートが荒いため息をつく。額を押さえ目を閉じるのを、ノエルは息詰まる思いで見つめた。怒っているのだろうか。不快にさせて、呆れられてしまっただろうか。

「ごめんなさい……」

再度、ノエルは謝る。謝るしかできなかった。

やがて、ランバートが目を開く。その目は暗く、沈んでいた。

「兄のことは……詮索しないでもらいたい。わたしにとっては、つらい記憶だ」

「はい……ごめんなさい」

ノエルは悄然と謝罪する。

あまりにノエルがしょんぼりとしていたためだろうか、どこか疲れたような微笑が、ランバートの口元に浮かんだ。

「いや、ノエルは知らなかったのだから、いい。ただ…………兄はわたしにとって、特別な人だった。母にとっても……」

「お母様にとっても……」

先ほどのランバートの口ぶりでは、あまり情の深い母親のようではなかったが、それでも長男となると特別なのだろうか。ランバートだけでなく、母親にとっても特別の存在だったなんて。

そんな思いでノエルがいると、ランバートが口を開く。

「……兄の死の三ヶ月後、母は絶望のあまり死んだ。兄の死が、母も殺したのだ」

「……っ」

ノエルは息を呑む。『特別』というにはあまりに重い、兄の存在だった。それがために、母も命を失くすとは。

それだけ言って、ランバートはまた目を閉じると、背もたれにもたれた。ひどく傷ついている様子だった。兄の死、それから、母の死——。

いったいどうして、ランバートの兄は亡くなったのだろう。

けれど、その問いをノエルは口にできない。できるわけがなかった。ほんのわずかな兄の話題で、ランバートがこれほど傷つくのだ。

馬車の中に重苦しい沈黙が満ちた。

自分の愚かさに、ノエルは唇を噛んだ。嘘《うそ》をついてランバートをクラブから早くに引き揚げさせた上、傷つける話題を口にしてしまうなんて。

嘘をついた罰だ。ノエルは自身を叱責した。つまらない嘘などつくから、こんな報いを受けるのだ。

けれど、今さら体調不良は偽りでしたなどと告白しても、ランバートをさらに苛立たせるだけだ。

ノエルは俯いた。

と、ランバートが目を閉じたまま口を開く。

「——ノエル、おまえは感謝したほうがいい。おまえの母親は、おまえを守るために必死で戦った。わたしの母とは違う。同じように、不本意な子供を持った女であっても」

ノエルはどう返したらよいのかわからない。

——不本意な……子供……？

ランバートの言う意味が俄《にわ》かには摑《つか》めない。

ノエルの母リュシエンヌは、エイブラムを恐れて逃亡中にノエルを産んだ。恋をして結ばれた夫ではあったが、その時のリュシエンヌにとって夫は恐怖の対象であった。

つまり、ノエルは母の子であると同時に、恐ろしい夫の子でもあったわけである。不本意な子供といえば、たしかにそうとも言える。

——それと同じ……？

ノエルは恐る恐る、目を閉じたままのランバートを盗み見た。貴族の結婚は愛に基《もと》づいてではない、とランバートは言っていた。ランバートの両親もそうだったとも。

愛がないどころか、ランバートの母は夫を嫌っていたのだろうか。嫌いな男の子供だから、ランバートに冷たかった？

しかし、ノエルは首を捻《ひね》る。もしそうだとしたなら、ランバートには冷たくて、兄のバートランドは特別だったという意味がわからない。バートランドを産んだ時はまだ夫と不仲ではなく、ランバートの時には冷え切った夫婦になっていたのだろうか。

けれど、わからないながらも、ノエルはひとつだけ理解する。ランバートがとても傷ついている、ということだ。亡き母からの冷たい仕打ちに、彼は今も傷ついている。

揺れる馬車の中、ノエルはそっと目を伏せた。母の顔を知らない自分と、側にいながら冷たかった母を持つランバート。

結局ノエルは母と再会できなかったわけなのだが、それをもって不幸だと言えるわけではない。少なくとも、ランバートの語る母はノエルを愛してくれていた。しかし、ランバートは――。

いくら側にいてくれても、自分を顧みようとしてくれないのだとしたら、側にいる分よけいにつらくなるような気がした。

今、ランバートの手を握ったら、思い上がるなと言われるだろうか。ノエルごときが生意気だと。

けれど、今、ノエルはランバートの手を握りたかった。いや、許されるのなら、傷ついているランバートを抱きしめたい。抱きしめて、ランバートを襲っているだろう心の嵐から守りたい。

自分よりもずっと年上の人にこんな感情を抱くなんて、ずいぶん生意気なことだろうとノエルは思う。十五歳も年下で、おまけに自分はランバートに保護される立場だ。

それでも今、ノエルはランバートをむしょうに守りたくてならなかった。母や兄の代わりにはとてもならないけれど、自分はランバートを敬愛していると伝えたかった。

――僕は……ランバートが好きです。大好きです。

血縁関係などまったくないのに、ただ父の友人の息子だというだけでノエルを捜し当て、庇護してくれたランバート。

彼を尊敬している。たとえ、彼の母親がランバートを拒絶していたとしても、ノエルはランバートを敬愛している。

座席から下り、ノエルはランバートの前にひざまずいた。そっとその手を押し抱く。

「ノエル……？」

訝しげに目を開けたランバートを、ノエルは愛情でいっぱいの眼差しで見上げた。

「僕は……あなたを敬愛しています。家族というものを僕は知らないけれど、あなたのことは……もし、兄がいたらこんなふうなのかと……思っています。不快かもしれませんけど……」

そうして顔を伏せ、押し抱いた手に愛を込めてキスをする。

「ありがとうございます、ランバート。僕を捜し当ててくれて……。僕の……あの……家族に、なってくれて……」

伝わるだろうか。ノエルがどれだけランバートに感謝しているか、伝わってくれるだろうか。祈りながら、ランバートの手に額を押し当てる。

ランバートは無言だった。しかし、ノエルの手を押しのけることはなかった。


――ノエル、もしや……？

見下ろすランバートの目は、意外さに軽く見開かれていた。

一人前の顔をして、ランバートの心を思い遣ってきた青年。彼はそれを『敬愛』と口にしてきたが、しかし、ランバートには違うものが見える。

それはパブリックスクール時代に、ランバートを恋い慕う少年からよく見た眼差しだった。

――……そういうことか。

賭博にも女にも慣れようとしなかったノエル。ようやく、彼を堕落させる方法がわかった。女よりも賭博よりも、それはもっと深い奈落にノエルを導くだろう。

その時、エイブラムはどんな顔をするか。

祈るように額を押し当てているノエルの後頭部を、ランバートは不吉な眼差しで見下ろした。口元に浮かぶのは、復讐の悦びに満ちた歪んだ微笑だった。

§第五章

しばらく田舎に帰ろう。

ランバートがそう言い出したのは、その後じきのことだった。

「シーズンが本格的に始まる前にノエルには慣れてもらおうと思っていたが、さすがに少し疲れただろう。一週間ほどケンブリッジシャーに戻って、のびのび過ごそう」

じっと目を見て微笑まれ、ノエルは我知らず赤くなる。

そうしてランバートともに、懐かしいケンブリッジシャーのマナーハウスに戻った。


「――さて、ノエル。ひと休みしておいで」

馬車を降りて、ランバートがノエルの腰に腕を回して邸内へと誘《いざな》う。そうしながら、耳朶にやさしく囁かれた。なんだかやけに近い。もしかしたら、この間の馬車での一件で、ランバートのほうでもノエルのことを弟のように思ってくれているのだろうか。だとしたら嬉しい。

頬を赤く染めながら、ノエルは「はい」と頷いた。長時間の馬車の旅で身体ががたがただ。まだ揺れているような気もする。

そのまま自室までエスコートされて、ノエルはなんだか頭がぼおっとしてしまう。ランバートが近すぎて、やさしすぎて、ドキドキする。

「──ひと眠りしたら、ディナーだ。お休み、ノエル」

　軽く頬にキスされる。

「ぁ……お休みなさい、ランバート」

　なんだろうどぎまぎする。けれど、もしも弟だとしたら、この程度のスキンシップは当たり前なのかもしれない。

　ノエルは自分にそう言い聞かせて、自身付きの従僕エイムズに身を任せる。外套《がいとう》を脱がせてもらい、寝衣へと改めさせてもらう。

「ノエル様、やっぱりまだお熱があるのではありませんか？　顔が赤いですよ」

　エイムズに心配そうに言われる。ノエルは慌てて首を横に振った。誤解だ。

「ち、違うよ！　その……そう！　寒いところから急に温かな部屋に入ったから、それで頬が赤くなっただけだよ、エイムズ」

「そうですか？　まあ、夕食まで三、四時間はありますから、ゆっくり休んで下さい」

「うん、そうする……」

　そそくさと、ノエルはベッドに入る。エイムズは脱がせた服を腕にかけて、出ていった。

「はぁ……」

　ノエルはため息をつく。ランバートが親しくしてくれるのはとても嬉しいが、そのたびにこれほどドキドキしてしまっていたら、そのうちにおかしく思われてしまう。

　けれど、今日などは肩を抱かれてしまったから、背中全体でランバートの逞しい腕を意識してしまって、駄目だった。

——だって、あの時も……。

羞恥に、ノエルは唇を嚙む。思い出してはいけないのに、折に触れて思い出さずにはいられない。

あの時——ノエルに自分で自分を慰める方法を教えた時にも、片手でノエル自身を握りながら、もう片方の腕がノエルの肩を抱いていた。ランバートに抱き支えられながら、その腕の中で高まり、初めての放埒に身を震わせた。思い出すだけで、身体がまた熱くなる。

ノエルは身を丸めて、それ以上仕様のないことになるのを防ごうとした。

ランバートにあんなことをされる以前、ノエルにとってその部分の高まりはめったにないことだった。時々、目覚めにじんじんして、もっと稀《まれ》に下肢が汚れている。

恥ずかしく、罪深いことではあるけれどただそれだけで、困惑の思いが最も強かった。

けれど、ランバートに触れられて、ノエルにとってあれは意味が変わってしまった。恥ずかしいという意味も、罪深いということの真意も、ノエルはあの時初めて理解した。

なにかわからない衝動が込み上げて、腰が震え、甘い声とともに放ってしまった蜜——。

しかもランバートは、それを女性の胎内でしろと教えたのだ。結婚したらそうやって子を作る、と。

けれど、ノエルを疼かせるのは、あの時のランバートの手で、クリスティンではない。クリスティンを見ても怖気《おじけ》づくばかりなのに、ランバートには鼓動が高鳴る。

いっそのこと、思い切ってクリスティンに経験させてもらったら、また感覚が変わるのではないだろうか。そうも思うが、しかし、妻でもないのにそんなことなど、ノエルにはとてもできない。

ふと、ノエルは思った。

——ランバートは……しているのかな……。

クリスティンがいる館の別の女性や、それに、クラブで話に上がったボーデン侯爵夫人、それにそれに、他のレディィや女性たち。

急にずんと、ノエルの心が重くなる。ボーデン侯爵夫人の話を聞いた時と同じ気の沈みだ。ランバートはとても素晴らしい人なのに、その素晴らしい人でもそんな過ちを犯すのか。

いや、あの時の紳士たちの口ぶりでは、彼らも同じような罪を喜んで犯しているふうだった。なぜ、そんな罪深いことを彼らはするのだろう。ランバートも。

——よくわからないけれど、ランバートも結婚すればいいのに……。

そうしたら、他の女性と罪深い行為に耽《ふけ》らなくてもよくなる。

そうだ。そう提案してみよう。やっと心に落ち着きを得て、ノエルは目蓋を閉じた。


ノエルの提案に、ランバートは声を上げて笑い出した。

なかなか機会が見つけられなくて、マナーハウスに到着して数日経ったの夕食後の時間だった。

ランバートがやさしすぎるせいだ、とノエルは思う。ケンブリッジシャーに戻ってからずっと、ランバートは今まで以上にノエルにやさしくて、折に触れてかまってくれる。それが嬉しくて、もっとこの時間が欲しくて、つい結婚のことを口に出せなかった。口にしたからといって、即座にランバートを花嫁に取られるわけではないのだけれど。

「結婚……？　わたしが？」

いかにもおかしな提案を受けたと言わんばかりに、ランバートが笑う。

やっと言えたのに、とノエルはムキになって、ランバートに反論した。

「だって、そうしたらランバートもその……ご、ご婦人方と、いけない遊びを、しなくてもよくなるでしょう？」

「いけない遊びねぇ……ふふ」

ランバートは含み笑う。馬鹿にされているようで、ノエルは唇を尖らせた。

と、立っていたランバートが、ノエルの隣に腰かけてくる。二人掛けのソファで足が密着し、ノエルは我知らず赤くなった。その頬の赤みをランバートの指につつかれて、ノエルは抗議するように身を引く。ランバートは楽しそうだ。

「たとえ妻がいても、男が遊ぶことは止められないよ。女だってそうだ」

「でも……本当はしてはいけないことだと、ランバートにだってわかっているでしょう？　汝《なんじ》、姦淫《かんいん》することなかれ。神もそう仰っておいでです」

「ノエルは可愛いな」

そう言って、ランバートはグラスをテーブルに置く。そうして、ノエルの肩に頭を預けてきた。

「ランバート……？」

ノエルは戸惑い、目を瞬く。甘えるようなランバートの仕草が嬉しいような、恥ずかしいような。

ランバートが物憂げに口を開く。

「……貴族の結婚がどれだけ虚しいものか、ノエルにももうわかるだろう。愛ではなく、家と家の釣り合いで相手が選ばれ、娶せられる。そんなふうにして結ばれた二人に、真の愛情が芽生えることは少ない。だから……誰もが家庭の外に歓びを求めるのだよ」

「ランバートは……愛を選んだら？　ランバートに意見をする人はいないのでしょう？　伯爵家の当主はランバートなのだから、もう少し自由に決められるのではありませんか？」

ランバートには両親も兄弟もいない。それはつらいことではあるけれど、結婚に関していえばランバートの自由だともいえる。ノエルのやさしい問いかけに、ランバートがどこか苦い微笑を浮かべた。

「そうだな。……少なくとも、わたしにはよけいな差し出口をする家族はいない」

けれどそう言いながら、はしばみ色の瞳はどこか遠くを見ている。もしや、ランバートにはすでに意中の人がいるのだろうか。しかし、その人とはなにかの事情があって結ばれないとか……。

なぜだか急に、胸が痛んだ。きっとランバートに同情しての痛みだと、ノエルは思った。

慰めたくて、静かに問いかける。

「貴族ではない女性を好きになってしまったのですか、ランバート。それとも、相手の方はもうどなたかの妻になっているとか……」

いずれにしろ悲恋だ。いくら自由といっても、家柄があまりに低すぎれば妻に迎えるのは難しいし、人妻であればもっと不可能だ。

ノエルに頭をもたれさせたまま、ランバートが低く答える。

「……いいや、身分違いなわけでも、すでに夫がいるわけでもない」

そう言いながら、意中の人がいることは否定しなかった。ノエルの胸がますます痛んだ。同情？　わからない。

「いったい……相手にどんな問題があるのですか？　……っ！　もしかして、相手に……その、好かれていない？」

ランバートほどの人を拒む女性がいるなんて信じられないが、人の好みというのは千差万別だ。まさかの思いで、ノエルは訊いた。

ランバートが喉の奥で低く笑いを洩らす。指で眉間を押さえ、クックッと笑う。

図星だったのだろうか。ノエルは臍を噛む。自分はまたもや、相応しくない話題を続けてしまったようだ。呆れ果てる気の利かなさだった。

「ごめんなさい……えと……あの、違う話をしましょうか。ええと……ええと……」

ノエルは急いで、話題を変えようと頭を捻る。

と、ランバートがゆっくりと顔を上げた。慌てるノエルの頬を撫で、いつものからかうような眼差しで見つめてくる。

「——相手に嫌われているとは……思っていないのだがな」

話の続きに、ノエルはほっと息をついた。どうやら、この間の夜のようなまずい話ではなかったらしい。よかったと満面に笑みを浮かべて、ノエルはランバートの両手を握る。

「じゃあ、問題ないじゃありませんか！　相手もランバートに好意を持っているのなら、なにを迷っているんです。早くプロポーズするべきです！　きっと相手も喜びますよ」

「本当に？」

ランバートがどこか深い眼差しで、ノエルを見つめて問い返す。もちろんとノエルは大きく頷いた。

「家柄にも問題がなくて、すでに結婚しているわけでもないのでしょう？　その上、相手がランバートを嫌っていないのだとしたら、なにを躊躇っているのかわかりません。——ランバート、変な遊びからは手を引いて、彼女と幸せになるべきです。幸せな家庭を……」

そうしたら、ランバートも昔のように明るいランバートに戻れる。兄バートランドの生前、ランバートはもっと明るい青年だったとエイムズが言っていた。ノエルの世話をするようになってそれが復活してきたと彼は言っていたが、意中の人を妻にできればきっともっと本来のランバートに戻れる。

——ちょっとだけ……寂しいけど。

しかし、それはノエルの我が儘《わがまま》だ。大好きなランバートが幸せになれるのなら、寂しいなんて思ってはいけない。

「まいったな……」

ランバートが困ったように小さく微笑む。ノエルは、自分の勧めに勇気を得てくれるといいのだが、と思った。

けれど、口を開こうとして戸惑う。ランバートの長い指が、ノエルの顎を持ち上げたからだ。

「ランバート……？」

「——本当にわたしを嫌わないか？」

「え…………」

ノエルは呆然と、目を見開いていた。あっと思う間もなく、唇にランバートの唇が触れていたからだ。やさしく触れて、唇を吸うように甘噛みしてくる。

——キス……ランバートが、僕に……。

これはいったいどういうことなのだ。

呆然とするうちに、キスが終わる。ほんの少しだけ唇を離して、ランバートが囁いた。

「家柄にも問題なく、結婚しているわけでもない相手は……君だ、ノエル。愛していると言ったら、君はわたしに応えてくれるか？」

「そ……ランバート、嘘……」

ノエルはなんと言っていいかわからない。ただ驚いて、頭が真っ白になる。

そのノエルに、ランバートは苦笑した。苦い、切ない微笑だった。

「――すまない、冗談だ。ノエルがあんまり一生懸命だから、ついからかいたくなった」

そう言って、身を離す。口元の笑みはもう、いつもの面白がるようなものに変わっている。

けれど、目が――。やさしくノエルを見つめる目の奥に、隠しきれない苦悩があった。

「本当……に……？」

「いいや、ノエル。冗談だ」

違う。冗談などではない。ランバートが本当に求めているのは、ノエル。そんなまさか！

思わず、ノエルは立ち上がる。頭が混乱して、どうしたらいいかわからなかった。

「ご、ごめんなさい。僕、もう寝ます。お休みなさい……っ！」

慌てて挨拶をして、ノエルは居間を飛び出す。

一人残されたランバートは、額を押さえてクックッと笑っていた。


エイムズの軽口にも上の空で答え、夜着に着替えたノエルはベッドに潜り込む。心臓が大きく跳ねたままで、少しも治まろうとしなかった。

エイムズが去った室内で、そっと唇を押さえる。ランバートにやさしくキスされた唇だ。

「キス……ランバートが……」

挨拶では断じてなく、軽く唇を挟まれて、やさしく吸われた。

それにあの日。

仰向けに転がり、ノエルは両手で顔を覆う。まさか、ランバートがノエルを想ってくれているなんて、思ってもいなかった。あんなに苦しく想ってくれているなんて。

たしかに、けして結ばれない相手だ。ノエルは男で、ランバートも男だから、姦淫と同じくこの関係も罪になる。聖書にもはっきり禁じられている男色の罪だ。

けれど、ランバートの苦く、切ないあの目が、ノエルは忘れられない。いつからノエルをそう思うようになったのか。どれほど愛情をこらえようとしてくれていたのか。

「あの時、は……」

ブル、と身体が震える。疼くようななにかが這い上がってきて、ノエルはその衝動に怯えて自身を抱きしめた。

あの時――ノエルに自分で自分を慰める術を教えたあの時は、ランバートはどうだったのだろう。愛するノエルに――それも、あんな恥ずべき部分に触れて、高めて、それでノエルが喘いで、ランバートはなにを思ったのか。

触れたいと思ったのだろうか。抱きしめたいと思っただろうか。いっそキスして、そして――。

耐え切れず、ノエルは身を丸める。ランバートの力強い腕、硬い胸板、そして、ノエル自身を握る熱い手の感触が次々に思い出されて、どうしようもない。

――駄目だ……!

ノエルはベッドから起き上がり、窓辺にひざまずく。一心に神に祈った。

「主よ、お許し下さい。罪深い僕を、どうかお救い下さい」

ランバートを想うなど許されない。ましてや、それに肉欲を刺激されるなどもっと許されない。

けれど、その自覚が別の自覚を呼び覚ます。

――あぁ……これが肉の欲望なのだ……。

ノエルはついに、自身を苛《さいな》む疼《うず》きがなにか理解する。ノエル自身も、ランバートに肉の欲望を感じている。その腕、その身体、その匂いに。

そして、それ以上に大罪だと感じるのは、この肉の欲望がただ情欲によるものではないことだ。

ランバートを思うと苦しくなる。ランバートが傷ついていると慰めたくなる。抱きしめたくなる。

そして、なんとかランバートの苦しみを取り除いてあげたくなる。

欠けたピースがぴたりぴたりと嵌まるように、それまで敬愛だと信じていた感情がなんであったのか、ノエルはひと息に理解していく。霧が晴れたようにはっきり見えた。

許されない。聖書にもはっきり書いてある。同性を愛するなんて――。

その時、窓の下で馬のいななきを聞いた。ノエルはまさかと立ち上がって、窓の下を見遣る。

玄関の車寄せに、馬車が用意されていた。しばらくして、屋敷からランバートが出てくる。

両手で、ノエルは口を覆った。ランバートが出ていく。どこに行くのだ。

「ランバート……！」

ランバートが乗り込むと、馬車が出発する。

慌てて、ノエルは部屋を飛び出た。階段を駆け下り、玄関ロビーに急ぐと、戻ってくる執事のルーサムを捕まえた。

「ルーサム、ランバートはどこに!?」

「ノエル様……？　旦那様は、その……お近くのフェアフリー卿の夜会にお出かけでございます」

「夜会？　こんな時間に？」

すでに、時刻は十時を過ぎている。田舎の夜会に出かけるにしては遅すぎる。

不審がるノエルに、ルーサムは困り顔だ。しかし、ノエルはレディではないのだからと思い直したのだろう。少しだけ教えてくれた。

「あまり評判のよくない夜会ですよ。ノエル様がいらしてからは、めっきり行かれなくなっていたのですが……」

やれやれと首を振る。

「評判がよくないって……」

「旦那様に意見なさってはいけませんよ。ですが、ノエル様は真似なさらないで下さいませ。乱れたレディやら、上流階級の方々が集まる夜会です。旦那様もあんな遊びはもうおやめになって、早々に奥方様をお迎え下さるとよろしいのですが……」

ため息をつくルーサムに、ノエルは呆然としている。乱れたレディやらが集まる夜会――。

つまり、今夜ランバートはかつてボーデン侯爵夫人を愛人にしていた頃と同じような夜を過ごすために、出かけたのだ。

――僕が……ランバートを拒んだから……？

ランバートの勇気を振り絞っての告白に、ノエルは逃げることで彼の心を傷つけた。

もう二度と、ランバートはノエルに想いを打ち明けてはくれないかもしれない。

——僕が……ランバートを傷つけてしまったから……。

けれど、どうしてランバートの想いに応えられるだろう。そんなことは神が許さない。

「そうだよ……どちらにしろ無理なんだから……」

とぼとぼと、ノエルは自室に戻った。

§第六章

翌日、ランバートは朝食室に現れなかった。ルーサムに訊くと、まだ休んでいるらしい。帰宅は明け方近かったようで、ノエルの心は沈んだ。

ノエルに拒まれたランバートは、どんなレディと一夜をともにしたのだろう。

――いや……姦淫のほうがまだマシだ。

ぐらつく心を、ノエルは叱咤《しった》する。どんなに胸が痛んでも、ランバートには応えられない。応えてはいけない。男色は大罪だった。自分自身のみならず、ランバートにだってそんな大罪で、道を踏み外させたくない。

けれど、心臓が押し潰されそうだ。初めて自覚した恋は、ノエルの心を切り刻む。

ノエルはずっと、周囲のすべてを愛してきた。院長を愛し、修道士たちを愛し、村人を愛し、イギリスに来てからは、ランバートはもちろん、ベックフォード伯爵邸のすべての人々を愛してきた。

けれど、その愛と、今ランバートへ向けられている愛は、まったく違う。

たった一人の人だけに注がれる、切ないほどの想い――。

周囲の人々への愛が穏やかな春の日溜まりだとすれば、ランバートへのそれは吹きすさぶ冬の嵐だ。荒れ狂うような激しさで、ランバートのすべてを求める。

それは許されない背徳の道だ。ランバートもノエルも煉獄《れんごく》の炎に焼かれることになる。ランバートを愛しているのなら、けして彼の愛に応えてはならない。どれほど心が引き裂かれようとも。

ノエルは唇を噛みしめ、それからの数日を耐えた。

ランバートは、昼間は務めや、あるいはノエルと以前と変わらない穏やかな時間を過ごし、夜になると不貞の夜会に出かける。行かないでと言えば、もしかしたらランバートはやめてくれるかもしれない。けれど、その代償にノエルが差し出せるものはない。

ノエルはじっと耐えた。


そのノエルを、ランバートは冷徹に観察していた。

可哀想なノエルは、初めての恋にすっかり振り回されている。切なげにランバートを見つめる眼差しは、ランバート自身もつい絆されてしまいそうになるほど憐れだった。

——わたしが欲しいだろう、ノエル。

けれど、ノエルの心には修道院の掟が根強く残っていて、容易には転がり落ちてこない。

ランバートが欲しいのは、肉体だけではない。ノエルの身も心も、地に堕としたかった。それでこそ、エイブラムへの衝撃となる。

三夜続けて夜会に通い、その翌日にランバートはノエルに提案する。

「予定より早いが、ロンドンに戻ろう。戻ったら、いよいよノエルも社交界にお目見えだ。わたしのノエルは、きっと素晴らしく令嬢たちの胸を騒がせるだろうね」

穏やかさにわずかな憂いを混ぜて、ランバートは自室で本を読んでいたノエルに、出入口から話しかける。はっとして振り返ったノエルが失意の面持ちで顔色を暗くさせるのを、ランバートは素知らぬふりで見返す。

答えないその顔を見つめながら、ランバートは歩み寄った。近づくにつれてノエルが俯く。その頬を片手で包み、ランバートはやさしく懇願した。

「――ロンドンの夜会では、わたしの名を名乗ってくれるか、ノエル。君の母上のために……」

ノエルは顔を上げない。けれど、しばらくして蚊の鳴くような声が答えた。

「………はい。母の意志を尊重します」

本当に母親の意志に沿おうとしたのか。それとも、ランバートへの負い目がそう言わせたのか。

――負い目……かな。

ランバートは内心ほくそ笑む。答えを得てすっと頬を包む手を外すと、ノエルが縋るような面持ちで顔を上げてきた。穏やかな保護者の仮面で、ランバートはそれに微笑みを返す。それでいて少しばかりつらそうに、そっと視線を逸らせた。

「では、今後の君は、ノエル・セレスタン・オークウッドだ。わたしのいと……いや、可愛い遠縁。素敵なシーズンになるように、心尽くそう」

そう言って、ランバートは部屋を出る。背中に、ノエルの切なげな眼差しが感じられた。

理性と感情の狭間で、好きなだけ揺れ動くといい。最後には必ず、ノエルという果実はこの手に落ちてくる。ランバートは悠然と、ルーサムにロンドンに戻る手配を命じた。


ロンドンに戻ると、ランバートは夜毎どこかに出かけていく。娼館であったり、あるいはどこかの小規模な夜会であったり、とにかくそういう場所だった。

ランバートがどこかの女性と一夜を過ごしているのかと思うと、耐えられない苦痛だ。

——でも……駄目だ……。

ノエルは夜毎、神に祈った。どうか、ランバートの彷徨《さまよ》う魂が救われますように。

似合いの女性と巡り合いますように。

そして、自らの悪しき想いがなくなりますように。

「少し、痩《や》せられましたか？」

仕上がった夜会服の試着をしたノエルに、仕立て屋が首を傾げてくる。きちんと寸法を合わせて作ったはずなのに、若干弛んでしまっている。ノエルは慌てて笑みを刷《は》き、

「ごめんなさい。いよいよだと思うと緊張して、食欲がなくて……」

と言い訳する。食欲がないのは本当だったが、理由は緊張などではなかった。夜毎外出するランバートに、胸が焼けて仕方がない。ノエルの言い訳に、仕立て屋が心得顔で頷き返す。

「大丈夫でございますよ。坊ちゃまならきっと、どこでも大歓迎です。こんなに美しい方など、ここ数年でも見たことがありません」

お愛想を言う仕立て屋に、ノエルは苦笑する。

「美しいなんて……それは女性に対しての褒め言葉でしょう？」

「いいえ、美は女性だけのものではありませんよ。坊ちゃまなどはそうですね……少々年齢が上のレディ方から騒がれそうですよ。天使が地上に舞い降りたかのようですから」

天使という言葉に、ノエルは後ろめたさを覚える。自分は天使などではない。それどころか、心は

すでに堕天していた。そんな沈むノエルの部屋に、ランバートがやってくる。

「ああ……なかなかいいじゃないか。黒がよく映える」

「これは伯爵様！」

仕立て屋が揉み手をして、ランバートを迎えた。近づいたランバートが、今度は正面からノエルを試すがえす眺める。

「ん？　……少し弛いか」

「食欲がおありではないようで……」

仕立て屋が言うのに、ノエルは気まずそうに顔を背けた。

ランバートが眉をひそめる。頬に手を添えて、ノエルを覗き込む目は、心配そうだった。けれど、口に出しては仕立て屋に命じる。

「身体に合わせて、直してくれ。完璧な姿でなくてはいけない」

「かしこまりました、伯爵様」

仕立て屋は、ノエルの服を脱がせて、またもや寸法を測り直したりなんだりする。

その間、ランバートはずっとノエルの様子を検分するように見つめていた。仕立て屋が帰り、エイムズがノエルに服を着せようとすると、それを遮る。

「あとにしてくれ、エイムズ。下がっていろ」

「……かしこまりました」

エイムズは一瞬、不思議そうな顔になったが、すぐに一礼して、部屋を出ていく。

ノエルは俯いて、じっと立ち尽くしていた。ランバートはいったい、なにを言うのだろうか。痩せるほどに食欲の失せたノエルから、まさか心情を読み取るなどということがないことを祈った。知られたとして、誰にとってもいいことのない想いだ。

ランバートが歩み寄り、ノエルの頬を両手で包む。

「……ノエル、そんなふうに痩せてしまったのは、わたしのせいか？　本当はもう、わたしの側にいるのは気持ちが悪い？」

思ってもみないことを問われ、ノエルは弾かれたように顔を上げてしまう。

「そんな、まさか……っ！」

「だが……自分と同性の男から想いを寄せられるなど、修道院育ちの君には厭《いと》わしいことだろう。すまなかった。自制の利かないわたしが……悪かったのだ」

傷ついた色が、ランバートの瞳の奥にほの見える。寂しい、苦しい色だった。

思わずノエルは、叫ぶように言ってしまう。

「他にはいないのですか？　一生をともにしたいと思える女性は、他には見当たらないのですか？　ランバートなら、どんな女性だってきっとあなたを愛するのに」

切なげに、ランバートがノエルを見つめる。ドキリとするような、孤独な眼差しだった。

「ノエル……愛など、わたしたちの住む社会には存在しないのだよ。どんなに焦がれた恋に見えても、結局はただのアバンチュール……真実はどこにもない。どこにもないと……思っていた」

「思って……いた……？」

ノエルの声が震える。答えを聞くのは怖かった。けれど、問わずにはいられなかった。

ランバートが苦しげに微笑む。じっとノエルを見つめ、誓うように囁く。

「君に会うまでは……」

「……ランバート」

心が揺れる。ぐらぐらと目眩がするように揺れて、ノエルの決意を頼りなくさせる。

だが、駄目だ。神が許さない。愛する人まで地獄に落としてしまう。

想いを振り切り、ノエルは顔を背ける。目の端に、傷ついたランバートが映った。

申し訳なさそうに視線を逸らし、ランバートが呟く。

「……悪かったね、ノエル。なるべく君の前には現れないようにするから、どうか食事をしてほしい。せめてこのシーズンだけはロンドンを楽しんでくれ。シーズンが終わったら……どうしてくれてもかまわない。修道院に戻っても……あるいは別の道に進むのでも」

どの道を選んでも、自分の支援は変わらない。そう言って、ランバートは部屋を出ていこうと背を向ける。

行ってしまう。なるべくノエルの前に現れないようにすると言うからには、今後はもうランバートにはなかなか会えなくなるかもしれない。今でさえもう、めったに顔を合わせないのに。

大罪を犯させたくない。地獄に引きずり落としたくない。けれど、この誤解だけは——！

去っていこうとする背中に、ノエルは声を上げた。

「違います！　あなたを疎んじているから、食欲が失くなったわけではありません！」

「ノエル……では、どうして」

ランバートが振り返る。

ノエルは答えられない。答えられないが口が勝手に開く。ああ、なにを言っているのだ。

「前に……聞きました。あなたは僕といると……昔のようによく笑うと……。どうして、笑わなくなったのですか」

「……兄が……死んだからだ。冷たい家の中で、たった一人……希望を灯してくれた兄が……。もしも、わたしに愛がわかるというのなら、それは兄のおかげだ。兄がここに……」

そう言って、ランバートは強く胸を叩く。

「ここに、家族の温かさを伝えてくれたおかげだ。……だが、兄はもういない。――教えてやろう、ノエル、なぜ、母がわたしに冷たかったのかを。わたしと兄では父が違うからだ。兄は、当時の母の恋人の息子。母は父に、新婚当時のわずかな交わりで妊娠したと言ったそうだ。本当は、結婚した時にはすでに妊娠していたのに。そうして兄を産んだ後は、父との同衾《どうきん》を断固として拒んでいた。もう義務は果たしたから、と。だがある時、もう一人息子を欲しがった父に無理矢理抱かれた。身ごもるまで、何度も、何度も……。激しい嫌悪の中、母は自分が妊娠したことを知ったそうだ。そして、わたしを産んだ。母がわたしを疎んじたのも道理だ。……それらすべてを、母は死の間際、わたしへの呪うような手紙として残してきた。最後の最後まで、彼女はわたしを傷つけたかったのだ」

「そんなことが……」

ノエルは愕然《がくぜん》とランバートを見上げた。ランバートを疎んじ、バートランドばかりを可愛がった二人の母フランシス。よもや、そこに父親の違いがあったとは――！

それだけではない。今わの際にまでランバートを傷つけるために、手紙を残すような悪意を息子に向けるだなんてひどすぎる。

「……そのことを、お兄さんは……？」

「知らなかっただろう。知らないままにわたしを庇い、愛してくれた。母のすることに父は無関心。母は、そんな父に見せつけるように次々と愛人を取り替えては楽しんでいた。ああ……」

ふと思いついたように、ランバートが呟いた。

「もしかしたら母は、自分に無関心な父に当てつけるために、殊更に兄を可愛がったのかもしれない。名誉ある伯爵家の跡を継ぐのは、あなたの血を引かない息子なのよ、と。——なんて家族だ。神よ憐れみたまえ。兄がなにも知らなかったことだけが救いだ……」

こうなってもなお、ランバートはバートランドのために祈る。それだけ、兄のみが孤独な彼の救いだったのだろうとわかる。それなのに、その兄はもういない。ランバートは一人だった。

ランバートの孤独を、ノエルは強く感じ取った。冷たい家庭、その中でたったひとつの温かな兄。なぜ、ランバートが愛を求めてはいけない。彼には誰よりも、無上の愛情が必要だった。それに相応しい人だった。

地獄に落ちる。これは大罪だ。引き留める声が頭の奥で木霊する。けれど、けれど——。

どうして、これほどの人の愛を拒める。一人でいろと突き離せる。もう駄目だった。

気がつくと、ノエルはランバートに歩み寄っていた。俯くランバートにそっと触れ、その孤独を抱きしめる。罪だった、わかっている。だがもう、この寂しい人を見捨てられない。

「……いつかあなたに、本当に愛する女性が現れたら、きっとその人と幸せな家庭を築いて下さい。でも今は……」

ノエルの顔が歪む。

——神よ、お許し下さい。罪はすべて僕にあります。この孤独の人を、どうか罰しないで下さい。

恐れを振り切り、ノエルはランバートを見上げる。愛しい人だった。初めて愛した人だった。そのすべてを、ランバートに捧げる。

「あなたを愛しています……。たとえ神に罰されても、あなたを一人にさせられない！」

「ノエル……あぁ……本当に？　本当に……わたしを愛してくれるのか？　わたしのために、ともに罪に堕ちてくれるのか」

「はい……はい、ランバート」

一瞬呆然としたランバートが、次の瞬間、強くノエルを抱きしめる。その激しい抱擁に、ノエルは泣きたいような思いで応えた。

「愛しています！　恐ろしくてたまりませんが……でも、あなたをこれ以上傷つけたくない。あなたの魂を……」

「ノエル……ああ、ノエル！」

口づけが――この間の告白のキスなどほんのさわりだったと思い知らせるような激しい口づけが降ってくる。唇をノックし、口中に入り込んできたランバートの舌に驚きながら、ノエルは懸命に、彼のキスに応えた。

恐ろしい予感に満ちた、愛の口づけだった。

ベッドに横たえられ、顔中にくまなくキスの雨を振らされる。部屋の扉には、ランバートによって鍵がかけられていた。二人きりの室内で、ノエルは貪《むさぼ》るようなランバートにすべてを剝ぎ取られる。

「ラ、ランバート……なにを……んっ」

キスの合間に、ランバートが答える。

「あの時……わたしがどれだけ君に触れたいと思っていたか、わかるか？」

「あの時……あっ」

剝き出しになった下腹部が、ランバートの大きな掌に包まれる。ピクン、とノエルはわずかに腰を震わせた。一気に頰が赤らむ。

「わかるだろう？」

そう問われ、小さく頷く。あの時とは、ノエルに自慰を教えたあの日のことだ。

あの時、ランバートがそんなことを思っていたなんて、ノエルは知らなかった。ただただ己の羞恥でいっぱいだった。けれど今は？　今はなにをしようとしている。

「ランバート……っ」

「早すぎることはわかっている。だが、君からあんな情熱的な告白を聞いて……止められない」

「んっ……や、っ！」

ランバートの唇が、ノエルの身体を這う。喉元に押しつけられた唇が、喉仏、首筋、鎖骨《さこつ》と這った。同時に、下腹部を覆った掌が、そそるようにノエルの果実を揉みしだく。

身体が熱い。特に、触れられている下腹部がじんじんと疼いた。

なにが止められなく、なにをしているのか。ノエルにはまったくわからない。ただランバートの手や唇に触れられた部分が熱を持って、ひどく過敏になっていた。

「ゃ……ランバート、怖い……」

「あぁ、ノエル……ただ君を気持ちよくしてやりたいだけなんだ。わたしの手で気持ちよくなり、もう一度イッてくれ」

「そんな……！」

居たたまれない羞恥に、ノエルは両手で顔を覆う。愛しいと思うと、人は相手の恥ずべき姿を見たくなるのだろうか。

「ノエル……可愛いノエル……あぁ、よくなってきたか？　ここがこんなに……硬くなって」

「言わないで……あ、あっ」

長い指に包まれ、その部分を扱かれる。あの時と同じように、いいや、あの時以上に淫らに。

「やっ……駄目……っ」

両手で顔を隠したまま、ノエルはお願い、やめてと懇願した。懇願しながら、身体を蕩《とろ》けさせていった。あの時も頭がどうかなるほど感じたが、今回はもっと逃げ出したくなるほど感覚が昂っていくのがわかる。いつの間にか膝が立ち、両足がしどけなく開いていた。腰が動く。

いきなりこんな……と心は戦慄くが、身体は熱く蕩けていく。ノエルとて、何度もあの時のことを反芻しては、身体を熱くしていたからだ。ふしだらなことに。

「あ、あ、あ……駄目……っ」

声が止められない。身体も、ランバートの手にどんどん高まっていく。

熱い囁きが耳朶に吹き込まれた。こいねがうような、男の囁きだった。

「ノエル、いいんだ、イッてくれ。わたしの手でイッてくれ……」

「駄目……駄目っ……あぁ――……っ！」

いくらも扱かれないうちに、下肢がビクンと跳ねる。あっと思う間もなく、ノエルはランバートの手で達してしまう。

また恥ずかしい姿を見せてしまったことに、ノエルは羞恥のあまり涙ぐんだ。

きっとランバートは呆れている。一人だけ裸になって、淫らに欲望を高められて、達して。きっと恥ずかしい奴だと思っている。

ノエルは吐息を震わせながら、ランバートを見上げた。そして、さらに頬を赤く染める。

膝立ちになって見下ろしてくるランバートのはしばみ色の目が、欲望に熱くなっていたからだ。息を弾ませ、ノエルの裸身を見つめている。目だけで、ノエルの全身に触れるように。

「ぁ……ランバート……」

「……恥ずかしいのはノエルだけではない。わたしも」

そう言うと、ランバートが上着を脱ぎ捨てた。クラバットを弛め、シャツを床に放り投げる。そして、真っ白なズボンが——。

「ぁ……あ、ランバート……」

ノエルは胸を喘がせた。瞳が潤む。欲情に。

もどかしげに脱ぎ捨てられたヘシアンブーツ、それから、小鹿皮のズボンに包まれていたランバートの欲望が露《あら》わになった。その恐ろしいほどの逞しさ。

「ノエルに触れているだけで、こうなってしまった……」

「僕……に……？」

「そうだよ」

そうして、ランバートが包み込むような微笑みをノエルに見せる。やさしく頬を取られ、口づけられた。キスをして、間近で見つめ合いながら囁いてくる。

「ノエル……わたしを愛してくれるか？　君が欲しい……なにもかもすべて……」

求める言葉は熱かった。意味もわからず、ノエルは頷く。

「はい……ランバート……あなたの……好きにして下さい。愛しています」

「あぁ……ノエル」

首筋にランバートの唇が埋まる。広い背中を、ノエルは一心に抱きしめた。

淡い色をした胸に、ランバートはチュッとキスをした。ノエルがビクンと身体を戦慄かせる。

——あんなことまで言うつもりはなかったのだがな……。

自分たち兄弟の出生の秘密まで、ノエルに語る気はなかった。伯爵家にとっては恥な話であったし、いずれはランバートの裏切りに傷つくだろうノエルに教えていいものでもない。真実を知ったあとで、ランバートを憎悪したノエルが誰かに話したら、面白くない噂になる。

それなのに、あの時ランバートの口は勝手に動いていた。まるで、天使に救いを求めるように。

皮肉気に、ランバートの唇の端が歪む。

——天使、か。

たしかに、ノエルは天使だ。今も、この年齢の青年にしては驚きの無垢さで、ランバートのするなにもかもに狼狽し、びくびくと全身を震わせている。その、一種たとえ難い清廉《せいれん》な色香。

――無垢というのは、それだけでそそるものなのだな。

同性の身体を愛撫しているというのに興奮を感じて、ランバートは内心で苦笑した。パブリックスクール時代の悪戯でも感じなかった感覚だ。

恥ずかしいのかノエルは、目をぎゅっと瞑って、ランバートからの行為に耐えている。それがどれほど雄をそそるか。ノエルはまるで気づいていない。

せいぜい楽しむとしよう。誰も知らない秘事を告白してまで、ノエルの同情を引いたのだ。あれで一気にノエルの心情が傾くのがわかった。予期しない収穫だが、収穫は収穫だ。

「ノエル、可愛い……」

おずおずと尖り出した乳首を唇で咥《くわ》えながら、ランバートは囁いた。その振動にも感じるのか、ノエルが小さく息を呑んで身を震わせる。

女性のように豊かなふくらみはないのに、初心な反応がランバートを刺激する。

可愛くて、可哀想なノエル。素直に娼婦に溺れていれば、こんな目には遭わなかったものを――。

けれど、ランバートに止める気はなかった。女よりも賭博よりも、同性愛のほうがもっと罪深い。しかも、その相手がランバートであることをエイブラムが知れば、どれほど怒り狂うことか。

重要なのはその一事のみだ。

乳首を唇で愛撫する一方、そろそろとノエルの下肢にも手を伸ばしたランバートは、内心含み笑った。大切な息子が憎むべき男の手で喘ぎ、犯される姿をぜひにもエイブラムに見せてやりたいものだ。

可愛い息子はランバートの『女』だぞ、と。

「ぁ……んっ」

柔らかく花芯を握られ、ノエルが声を洩らす。それがすっかり勃ち上がるまで扱いてから、ランバートはさらにその奥に指を這わせていった。睾丸を揉み、滑《すべ》らかな肌を撫で、まだ誰も触れたことのない蕾《つぼみ》へ――。

ノエルはなにをされているのかまだわかっていない。

「ぁ……ぁ……ランバート……」

胸を吸われたり、舐められたりしていることに小さく喘いでいる。ランバートの指には、ノエルを扱いたことでさっき吐き出させた蜜がついている。そのぬめりを丁寧に初心な蕾に塗りつけていった。

やがて、ぬるりと指先が花びらの中に挿入《はい》る。

「…………あっ」

驚いたノエルがわずかに声を上げた。けれど、そのままゆっくりと指を奥まで挿入していく。

「ゃ……なに、ランバート……」

「――君とひとつになりたい」

一本だけ挿入した指を軽く前後に動かす。ノエルは震えた。混乱した瞳が開き、宙を彷徨う。

「や……それ、なに……」

「欲しいんだ、ノエル」

ランバートは具体的な説明は避け、ただそう訴えた。熱ぼったく、切迫した様子で。

ノエルは怯え、綺麗な緑の瞳を左右に揺らすが、ランバートを押しのけはしない。

伸び上がり、その唇にキスをしながら、ランバートは二本目の指をその深みに挿入した。

「んっ……ん、ん……んんぅ、っ」

「愛している、ノエル」

キスの合間にそう繰り返しながら、ランバートはノエルの後孔《こうこう》に準備を施《ほどこ》していく。指を三本呑み込むまで、執拗《しつよう》にキスを続けた。舌を絡めてねっとりと吸い上げ、時に口腔を味わうように舐める。

「ん……んっ……ゃ……ランバ……ん、ふ」

指を呑み込みながら、しだいにとろりと蕩けていく肢体《したい》――。

唇を離すと、ノエルは息を弾ませながらぐったりと目を閉じている。その戦慄き、後孔に指を食《は》んでなお果実がそそり立っているその身体に、ランバートは束の間、罪の意識を覚えた。

復讐のために、無垢な者を穢す己――。

真実が明かされた時、ノエルはランバートを恨むだろう。その純真な瞳に初めての憎悪が灯るかもしれない。

だが、許しを乞おうとは思わない。エイブラムにはなんとしても、復讐を果たさなくてはならなかった。八年前のあの日、ランバートは亡き兄に誓ったのだ。

「……愛している、可愛いノエル」

愛の言葉は、罪の囁きだった。その罪深さを充分に自覚しながら、ランバートはノエルの後孔から指を引き抜く。ホッとしたノエルの腰に、枕をあてがった。そうして、その両足を無残に押し広げる。

「……ランバート……？」

ありうべからざる体勢に、ノエルは驚いて目を開く。そのエメラルドグリーンの瞳に微笑みかけながら、ランバートは開かせた足の狭間《はざま》に腰を進めた。ゆっくりと、砲身を無垢な蕾に向ける。

「ノエル、愛している……」

やさしく抱きしめるようにして、ランバートは指で準備を施した未通の花を散らしていった。

「え……？　ぁ……………ひっ」

逞《たくま》しい充溢《じゅういつ》に限界まで襞を広げられ、ノエルが裏返った悲鳴を上げて、全身を引き攣《つ》らせる。ついで、高い悲鳴が上がりかけた。それを片手で塞いで、ランバートは囁く。

「あまり大きな声を出してはいけない、ノエル。なにをしているのか、使用人に気づかれる」

「……んっ……ん、ん」

綺麗な目に透明な涙が滲み、ノエルがランバートを見つめる。ぶるぶると、その全身は震えていた。痛みと、思いもかけない仕打ちに。

戦慄く身体に、ランバートは慎重にすべてを呑み込ませていった。ノエルは唇を噛みしめ、必死にランバートにしがみついている。

ずんと根元まで挿入って、ノエルがぞくりと震えた。

「ラン……バート……」

「こうやって愛し合うんだ。男と男は……」

ノエルがじっと、ランバートを見上げる。涙が一滴《ひとしずく》、頬に流れ落ちるのを切ない思いで見つめた。なんという無垢な、なんという信じ切った眼差しか。こんなに一途にランバートを信じる青年に、自分はなんということをしている。

胸が苦しい。復讐の悦びよりも、ノエルへのいたわしさで今すぐにも繋がりを解《ほど》きたくなる。けれど、ノエルは微笑んだ。涙でいっぱいの目で微笑み、ランバートの頬を両手で包む。

「……僕の中に……子種を出して下さるのですか？　男が……女にするように……」

歓びの囁きだった。ランバートに犯されることを望む、甘い睦言《むつごと》だった。

どくり、とノエルの中の欲望が体積を増した。腰が痺れる。思い切りその身体を穿《うが》ちたい。

気がつくと、熱に浮かされたように、ランバートはノエルに囁き返していた。

「……そうだ。孕むほどに、君の中にわたしの精を注ぎたい。愛しているんだ、ノエル」

「僕も……愛しています、ランバート。どうか……あなたの胤でお腹の中をいっぱいにして下さい……あっ……あぁ……んん、っ」

たまらず、ランバートは腰を使いだす。最初は試すように、そのうちに大胆に。

上がりかけた声を、ノエルは必死に両手で口を塞いでこらえる。そうしながらがくがくと身体を揺さぶられ、応じるように腰を突き上げていった。

痛みもあるだろう。それに苦しさも。けれど、それ以上に愛情が、ノエルを感じさせている。そのことが、繋がったランバートにはよくわかった。

胸に愛しさが溢《あふ》れる。愛などないはずなのに、ノエルが愛しくてならなくなる。下腹部に手を入れ、ノエルの花芯に快感を送りながら、ランバートは夢中でその深みに欲望を行き来させた。

「んっ……んっ……んっ……っ」

「ともにイこう、ノエル。一緒に……」

「ん、ん……」

こくこくと、ノエルが懸命に応じる。両手をどかし、ランバートは乱暴にその唇を奪った。

「あっ……ランバー……んん、っ…………んっ……んっ……んん――……っっ！」

「くっ……ノエル……っ」

小刻みに奥を突き、いくらもしないうちにランバートはノエルの中で最初の欲望を迸《ほとばし》らせる。

同時に、強く扱いたノエルの果実からも白蜜が迸った。放出のきつい収縮を、ランバートはねじ込んだ雄を蠢かしながら味わう。そうしながら、絡めた舌で口づけでもノエルと繋がり続けた。

「ん……ん……ん、ふ……ぁ」

やがて弛緩し、唇も離れる。とろりとした眼差しでノエルが見つめてくるのを、ランバートは胸の痛みを抑えて受け止めた。

ついに抱いてしまった。ノエルを同性と愛し合う罪に陥れてしまった。

けれど、ため息のような満ち足りた囁きが、ノエルから零れる。

「これが……愛し合うということなんですね……身も心も、あなたとひとつに……」

その目にも、声にも、ノエルの全身に、ランバートへの愛が溢れていた。

「……ああ、そうだノエル。わたしたちはこれで……名実ともにひとつになったのだ……」

神よお許し下さい。この純な青年に、自分はなんということをしたのか。

愛の囁きを返しながら、ランバートは神に告白した。思わず出た悔恨《かいこん》の言葉だった。

揺れる馬車に、ノエルは緊張した面持ちで座っていた。黒の夜会服の正装だ。

向かいに腰を下ろしているランバートも、ノエルと同じ装いだった。ただし、ノエルよりもずっと堂々として、しっくりと似合っている。もっとも、いつもなら見惚れてしまうところであったが、今夜のノエルの目には入っていない。それくらい緊張していた。

なぜなら、いよいよ社交界にお目見えする晩であったからだ。女性をダンスに誘わなくてはならないが、失敗はしないだろうか。マナー違反をしでかさないだろうか。そんなことで頭はいっぱいだ。

そんな心境が伝わるのだろう。ランバートの手袋に包まれた指が、軽くノエルの顎を掬い上げる。と、キスされた。

「……ラ、ランバート……！」

思わず声を上げたノエルに、ランバートはクスクスと笑う。

「そんなに固くならなくていい。わたしのノエルは天使のように美しい」

「そっ……な、なにを言っているんですか……もぅ」

言い返しながら、ノエルの頬は朱《しゅ》に染まっている。初めてランバートと結ばれた日から、もう半月が過ぎていた。その間、ノエルはしばしばランバートの訪《おとな》いを受けている。夜毎たっぷりと愛されて、元々秀麗だったのが、最近では内側から光を発するような輝きに満たされるようになっていた。ノエル自身は気づいていないが。

頬を染めて文句を言うノエルを、ランバートが目を細めて見つめている。この頃よく見かけるようになった、いかにも愛しげな眼差しだ。それでノエルはさらに身体の奥深い部分を熱くさせてしまう。ランバートと結ばれるまでは知らなかった熱だ。愛し合う欲望の熱さだった。

ノエルの変化をランバートは敏感に感じ取る。さっきは軽いものだったのに、今度は軽く身を乗り出して、味わうような口づけを送ってくる。

「ん……ランバート……ん、ふ……」

舌が口中に滑り込み、口内の粘膜を舐められる。ねっとりと口腔すべてを舐め上げられ、最後に舌を絡め取られた。

「ん……んぅ……ふ……」

鼻を鳴らして、ノエルはランバートとの熱いキスを受け止めていった。どうしようもなく身体が熱くなっていく。頬を包まれ、さらに深まっていく口づけに夢中になる。

しばらくしてやっと唇が離れた時、ノエルの瞳はとろんと潤んでいた。ランバートが苦笑する。

「まいったな……少し色っぽくしすぎたか」

「……え」

瞬くノエルにランバートが囁く。

「とても魅力的だ、ノエル」

またキスをされて、そのままランバートが席を移動してくる。並んで腰かけ、ノエルを抱きしめて、二度、三度と唇を奪い続けた。ノエルはもう、与えられる口づけに陶然とするだけだ。

何度目かのキスを終えて、ランバートがノエルの顎を軽くくすぐりながら、甘く太鼓判《たいこばん》を押す。

「大丈夫だ、ノエル。今夜の夜会で、ノエルほど美しい青年は二人といない。今シーズン一番の青年のデビューだ」

「そんなこと……」

ノエルはいっそう恥ずかしくなる。だが、ランバートがそうやって後押ししてくれるなら、夜会に出席するのも恐ろしくない。

——頑張ろう。

ランバートの腕の中で、彼だけを見つめて、ノエルはそう誓うのだった。


「まあ、伯爵の遠縁の方ですの？　綺麗な子ね」

五十代半ばの夫人に合格の頷きとともに迎えられ、ノエルは広間へと入っていく。ランバートも一緒だ。ランバートは顔が広いようで、すぐに人が寄ってくる。

「やあ、ベックフォード、久しぶりだな。その子が、君が後見している青年か」

「これはまたえらく綺麗な子だなぁ。ご婦人方が大騒ぎしそうだ」

そんなことを口々に言ってくる相手に、ランバートはノエルを紹介していく。

「ノエル・セレスタン・オークウッド、わたしの遠縁にあたる青年だ。あまり悪い遊びは教えないでやってくれよ」

「ふぅん……おまえが一番危ないんじゃないのか？」

「たしかに。——ノエル、この悪い親戚を見習ってはいけないよ」

そう言って、男たちは笑う。思わずノエルが、

「そんなことはありません。ランバートは立派な方です！」

と言ってしまうと、一斉に笑いだす。

「えらく慕われたものだな。おい、化けの皮が剝がれないよう、しっかりと猫を被っておくんだぞ」

そんなことを言う男までいる。ランバートは苦笑していた。

彼らの遣り取りを、ノエルは目を白黒させて聞き入っている。聞いているとほんの冗談のようで、本気で反論してしまった自分がひどく気の利かない人間に思えた。

――む、難しいな……。

それから令嬢たちにも紹介され、取りとめのないふわふわした会話を交わす。中にはどういうわけか、睨んでくる令嬢もいた。

「あ、あの、ランバート……僕、なにか悪いことをしてしまったのでしょうか」

不安になってランバートに訊くと、一笑に付される。

「気にしなくていい。ノエルがあまりに綺麗だから、嫉妬しているのだよ」

「嫉妬……!? そんな……僕は男なのに」

女性とは比べようもない。そんなノエルにランバートは目を細める。

「たとえ男だとしても、妬《や》けるほどに君は美しい。夏の陽光のような眩《まぶ》しいほどのブロンドに、宝石の瞳、宗教画の天使そのものの容貌――。羨《うらや》むなというほうが無理だ」

手放しの讃辞に、ノエルの頰がうっすらと赤らむ。人目を盗んでその頰をそっと手の甲で撫で、ランバートが甘く囁く。

「さあ、あんなつまらない令嬢は気にせずに、君を憧れの眼差しで見ている令嬢をダンスに誘うといい。せっかくマスターしたダンスを、皆に披露《ひろう》しておいで」

その様を見るのが楽しみだとでもいうように微笑む。

そんなふうに微笑むランバートこそ、女性の憧れだろう。均整のとれた長身に、黒の夜会服が素晴らしく似合っている。うっすらと微笑みを浮かべている彼に、広間のそちこちから女性たちが秋波を送っているのが、ノエルにもわかる。

こんなに完璧な人がノエルを愛してくれていることが信じられない。

やさしく背中に腕を回しながら、ランバートが適当な令嬢のもとへとノエルを導いていく。令嬢の保護者に挨拶をし、許しを得れば、ダンスだ。

緊張したノエルに、同じように緊張を見せる令嬢が腕を取る。

「すみません……僕、あまり上手くないと思うのですが……」

「大丈夫です。わたしも、あの……緊張していて……」

向き合って、目と目を合わせて、互いを励ますようにふっと微笑む。ランバートが選んでくれた令嬢は、気持ちのやさしい女性のようだ。二人して緊張しながら、曲に合わせて足を踏み出す。

ノエルの初めての夜会は、こうしてまずは順調にスタートした。

午前の乗馬、訪問客の対応、あるいはランバートにクラブへと連れ出されたり、そして、夜会、観劇、オペラ、晩餐《ばんさん》会――。

目まぐるしい社交の日々が始まった。これでも本格的なシーズンの始まり前だから、まだしもゆったりしているのだが、ノエルには充分忙しい毎日だった。

男としては少々頼りないところも感じられるノエルだったが、とにかくその容姿の威力は絶大で、特に夜会を主宰するレディたちに気に入られたために、様々な邸宅から招待状が引きも切らず送られてきた。もちろん彼女たちには、ノエルを招待すれば必ず、ベックフォード伯爵がついてくるという点も重要視されている。

まだ独身のベックフォード伯爵は、その豊かな資産のせいもあって、恰好の結婚相手と見做《みな》されていた。夜会のたびに、ノエルはそのことを直視させられる。

「ねえ、ミスター・オークウッド、伯爵に意中の方はおられないの？」

そんなふうに直截《ちょくさい》に訊いてくるレディもいる。

そのたびにノエルは曖昧《あいまい》に微笑み、「さあ……」と首を傾げるしかなかった。まさか言えるわけがない。皆の憧れのベックフォード伯爵が、夜毎ノエルと同衾しているだなんて。

レディたちの相手をするランバートにノエルはいつも不安になるが、しかし、帰宅すればそんな不安はベッドで綺麗に拭われる。愛している――甘い囁きとともに何度も深みを穿たれ、身も心もひとつに繋がり、ランバートの愛を確信させられる。

甘い歓びの日々に瑕疵《かし》はひとつも――いや、ただひとつあったか。

時折耳に入る、父エイブラムの悪評だ。時にクラブで、時に夜会の男たちだけになった場所で、ひそひそと語られる。

よほど父は嫌われているらしい。そのことを思うと、ノエルの心は沈む。実の父が恥ずべき人間だという苦悩、そして、そのことを周囲に隠している不実。

嘘をつくというのがこんなにも心を抉るものだということを、ノエルは初めて知った。

けれど、ランバートにそれを告白するわけにはいかない。ノエルのためによかれと思って己の姓を名乗らせてくれたのだ。ノエルの心の苦悩を伝えれば、まるで責められたように感じるかもしれない。

そんなふうに、ランバートには思ってほしくない。だからノエルはしっかりと口を噤《つぐ》んで、己一人だけの胸中に収めていた。

そんなある夜のことだった。この頃ではノエル自身にも、ダンスを申し込む令嬢を選択することができるようになり、そんな令嬢の一人をフロアに誘った。小鹿のように柔らかな亜麻色の髪のその令嬢は、見るからに緊張した面持ちで、ノエルの腕に掴まっていた。曲に合わせて、ゆったりとステップを踏み出す。

と、その可憐な足がノエルの足を踏んでしまう。

「あ……！　ご、ごめんなさいっ」

「大丈夫。平気ですから、気にしないで下さい」

真っ赤になってしまっている令嬢が気の毒で、ノエルはやさしくそう言う。それから、令嬢の耳にだけ入るように、悪戯っぽく囁いた。

「僕もダンスは得意ではないので、もしも失敗があったらお相子ということで、許して下さいね」

その軽い囁きに、令嬢は束の間微笑んだが、硬さはなかなか取れない。

結局ぎこちないまま、ノエルと令嬢とのダンスは終わった。令嬢を保護者のもとにエスコートし終わったノエルに、親しくなった同年輩の青年が声をかけてくる。

「ミス・マージョリー・スコットは相変わらず恥ずかしがり屋みたいだな。可愛い女性だ」

「オズボーン、彼女を知っているのかい？」

どこかいたわりの混ざった彼の言い方に、ノエルはそう問い返す。オズボーンは肩を竦めた。

「なんとか親しくなりたいのだけど、あちらの両親が相手にしてくれなくてね。結婚相手には若すぎるってさ」

「若……すぎるのは駄目なのか？　だって、彼女を愛しているのだろう」

「愛って……ノエル、君は存外ロマンチストなんだな。愛を語るには、僕は彼女のことを知らなすぎるよ。ただちょっと……気になるだけさ。そのうちに、意に添わない男のもとに嫁がされそうでさ」

そう言うと、遠い目でマージョリーを見遣る。ノエルとのダンスが終わって、次はもっと年配の男と彼女は踊っていた。

「見ろよ、あのじいさん。彼女より三十歳は上だぜ。ただし、侯爵で資産家だ。今度はあの男を狙っているのかな」

オズボーンが吐き捨てる。ノエルは恐る恐る訊いた。

「狙っているって、誰が？」

「もちろん、彼女の両親さ。カーティス子爵はどうにかして、娘にしかるべきいい結婚をさせたいのさ。一度、相手選びに失敗したからね。――子爵夫妻は、あの失敗から教訓を学ぶべきだ」

「失敗って……なにがあったんだ、オズボーン」

問いかけたノエルに、オズボーンは忌々《いまいま》しげに教えてくれる。

「知らないのか？　まあ、去年のシーズンの話だものな。――去年、彼女はある男と婚約しかけていたんだ。知っているか、シスレー男爵」

ノエルははっと、オズボーンを見返した。その表情で、事情を知っているとオズボーンは早合点したのだろう。呆れた口調で言ってくる。

「まったく……まさか男爵が女性を虐待するような男だなんて、夢にも思っていなかったよ。彼の歴代の妻たちがどうして早死にしているか、聞いただろう？　みんな男爵が苛めて、死に追いやったんだ。最低の男だよ。まあ、それが知れて、ほとんどの夜会では出入り禁止になったんだが……マージョリーは気の毒だった。もう少しで、あんな男と婚約するところだったんだからな」

「妻を……死に追いやる……」

ノエルの顔が青褪める。死に追いやられた妻の一人が、ノエルの母親リュシエンヌだった。そういった諸々が、社交界で公然と語られていたとは。

「君にだって関係があるだろう」

オズボーンが肩を竦める。まさか、とノエルは硬直した。ノエルが本当は、エイブラムの息子だと知っているのだろうか。

しかし、違った。それ以上の事実だった。答えないノエルに、オズボーンが声を潜める。

「男爵は妻の虐待だけじゃなく、どうやら詐欺めいたことにも手を染めていたらしいな。そのせいで、ベックフォード伯爵と対立している話は有名だ。君だって、伯爵から聞いているのだろう？　伯爵家にとっては仇敵《きゅうてき》だものな。そのせいで、伯爵の兄、先代のベックフォード伯爵が亡くなったんだ。大変なことだよ」

オズボーンがため息交じりに首を振る。ノエルは愕然としていた。

伯爵家にとっての仇敵？　ランバートの兄バートランドが、エイブラムのせいで死んだ？

どれもこれも、初めて聞く話だった。

――ランバートと父が……そんな……。

ノエルはオズボーンを問いただす。

「ち……シスレー男爵はそんなことを伯爵に……？」

「知らないのか、ノエル」

驚くオズボーンに、ノエルは青褪めて頷く。

「なにも……聞いていない」

「ああ……まあ、伯爵家にとって名誉な話ではないからな。男爵はもう、ほとんどの夜会から出席を断られているし、きっとベックフォード伯爵も君と男爵が会うことはないと思って、言わずにおいたのだな。ごめん、よけいなことを言ったみたいで……」

「いいんだ……知っておいたほうが、ランバートに……変な失言をしないで済むだろうし……」

上の空で、ノエルは返す。心の中は、嵐だった。ランバートと父が対立していたなんて――。

しかも、その原因はエイブラムにある。エイブラムが詐欺……のようなことでバートランドを嵌めて、そのためにランバートの兄は死んでしまった。

ランバートは父を恨んでいる。それなのに、そんな男の息子である自分を愛してくれた。

――あぁ……！

よろめきながら、ノエルはどこか一人になれる場所を探した。ランバートにこれから、どんな顔をしたらよいのかわからなかった。

広間を出て、どこか空いている部屋はないか探す。シンと静まり返った書斎が見つかった。夜会の最中で、そこには誰もいない。

暗い室内に、ノエルはよろめき入った。ドアを閉めて、頭を抱えて蹲《うずくま》る。

「あぁ……ランバート、どうしたら……」

あれだけ慕っていた兄を、ノエルの父が殺した。死に追いやった男の息子が、どうしてランバートの愛を受けられるだろう。

そして、ランバートはどんな思いで、エイブラムの血を引くノエルを愛したのだろう。

その深い想いに、ノエルは胸が引き裂かれる思いを味わう。

自分はランバートの愛に応えてもいいのか。ただでさえ罪深い道なのに、この上、仇の息子を愛する苦痛をランバートに与えていいのだろうか。

そう思う心は真実なのに、一方ではランバートを失えないノエルがいた。ランバートを愛している。愛されたい。

愛は、なんと我が儘なものでもあるのだろうか。その心を思いやる気持ちも真実であるのに、離したくない気持ちもまた真実であった。何重もの意味でも、ノエルは罪深い。

「主よ……」

口にしかけて、ノエルは凍りつく。すでに罪の道に落ちたノエルを、神は救わない。救いを求める資格も、ノエルにはない。

と、書斎の扉が開く気配にぎくりとした。こんな様子を見られたら、いらぬ憶測を呼んでしまう。

青褪めた顔でなんとか取り繕おうと、ノエルは立ち上がろうとした。しかし、振り向いてその動きが凍りつく。

「ランバート……！」

「どうしたんだ、ノエル。なにかあったのか？」

ノエルを気遣うランバートが、ドアを開けて入ってきた。ノエルは動揺する。今、ランバートになにを言えばいいのかわからない。

けれど、あきらかに震えて、様子がおかしいノエルに、ランバートの表情が変わる。歩み寄り、なにもかから守ろうとするかのように、背中を抱いてきた。

「ノエル、震えているな……。なにかあったのだな」

険しい眼差しで、広間の方向をちらりと見遣る。誰かがノエルを傷つけたのだと、怒る色だった。

耐えられなかった。これほどまでに、ノエルを愛してくれるランバートが。

口が勝手に開いた。

「父は……あなたにひどいことをしたのですね……。お兄様に……とんでもないことを……」

「ノエル……！」

ランバートが呆然と目を見開く。ついで、力強く抱きしめてきた。

「……聞いてしまったのだな。あのことを」

「どうして教えて下さらなかったのですか。知っていたら……あなたの愛を受けるなんて申し訳ないこと……けしてしなかったのに……」

「申し訳ない？」

ランバートのこめかみがぴくりとする。厳しい眼差しが、ノエルを睨んだ。

ノエルはびくりとする。ランバートを怒らせた。ただでさえ傷つけているだろうに、この上さらに気に障ることをしてしまった。弁解しようもない自分の行動に、ノエルは身を竦める。

しかし、ランバートから返ってきたのは、さらなる強い抱擁だった。

「なにが申し訳ないというのだ。なにを謝る。愛したのはわたしだ。わたしのほうからノエルを愛した。その愛すらも、君は否定するというのか！」

「でも、ランバート……僕の父はあなたの兄を……んっ」

唇をキスで塞がれる。そうして、唇をわずかに離して、囁かれた。

「言うな。もうなにも言うな、ノエル。君はあの男の息子ではない。ブランシャール侯爵夫人の……大切な息子だ。それだけが真実だ。――ノエル、どうかわたしを拒まないでくれ。その心に、ほんのわずかでもわたしを愛する気持ちがあるのなら……」

ノエルの目に涙が滲む。ランバートの許しに胸がつまる。

愛している。ノエルだって、ランバートを愛している。胸が張り裂けるほど愛している。

「愛しています……愛しています、ランバート！」

熱い口づけで、再び唇を塞がれる。闇の中で、ノエルは夢中でランバートとキスをした。想いを確認し合う、神聖な口づけだった。

「ん……ぅ……」

腕の中で、ノエルが寝返りを打つ。ランバートの胸に寄り添うように頬を埋《うず》めたノエルを、ランバートは複雑な思いで見つめた。

真実を知ったノエルが、それでもランバートを愛していると言った事実が痛い。ノエルの想いは本物だった。心の底から、ランバートを愛している。その愛を利用している自分――。

たまらない罪悪感が込み上げ、ランバートはそっとノエルの頭を枕に戻して、起き上がった。床に落ちていた夜着に頭をくぐらせ、ガウンを羽織《くる》る。

まだ裸身のノエルはしっかりと布団で包み、後始末をしたリンネルなどを手に、ランバートはノエルの寝室を出ていった。

深々と冷えた廊下を歩き、自室へと戻る。寝室は温かく、暖炉に火が入れられていた。

「……モリス、悪いがノエルの部屋にも火を入れてやってくれ」

「承知いたしました、旦那様」

ランバート付きの従僕モリスが淡々と答えると、部屋を出ていく。

ノエルは自分たちの関係を使用人は知らないと思っているが、モリスだけは知っていた。

モリスはランバートの軍隊時代の従卒だ。ナポレオン戦争後の不況で困っていたところを拾い上げ、以後ランバートの復讐の右腕となってくれている。

だから、ノエルと関係ができた時、モリスにだけは事情を話していた。またそうでなくては、乱れたシーツやノエルの事後の世話など、ランバートだけでは困難だ。

ため息をついて、ランバートはモリスが用意しておいてくれたスコッチのグラスを手に取る。口に含むと、喉を焼く液体を嚥下《えんか》した。

苦い。酒だけの味ではなく、後味の悪さが尾を引いた。

しばらくして、モリスが戻ってくる。床に置いた汚れ物を拾いながら、ランバートの様子を窺う。

「――よろしいのですか、大尉。あんなに純真な坊ちゃんを騙すような真似をして」

ランバートの正義感に訴えかける時にだけ使う『大尉』という軍隊時代の呼称で呼びかけてくる。

ランバートの表情が渋くなる。言われずとも、己が非道なことをしているのはわかっていた。抱けば抱くほど、愛を語れば語るほど、ノエルの混じりけのない純粋さが胸を打ち、罪悪感を刺激する。

だが、それならばエイブラムへの報復は、もう諦めろというのか。

――いいや……あの男だけは許せない。

ランバートは拳を握りしめる。

「……あともう少しだ、モリス。じきにすべてが終わる。そうしたら……」

モリスがため息をつく。感心しないとでもいうように小さく首を振り、ランバートに忠告してきた。

「復讐は大事です。わたしだって、もちろん男爵は許せません。でも、あの坊ちゃまも……大尉にとっては大切な人になるのではありませんか？　わたしには……大尉もあの坊ちゃまを好いておいでのように見えますがね」

「……もう下がっていい。遅くまですまなかった」

ランバートは答えたくなくて、モリスを下がらせる。モリスは目をぐるりと回し、けれど、一応黙って出ていった。

ランバートは一人残される。モリスが歯に衣《きぬ》着せぬのはいつものことだ。ともに戦場の苦しさを味わった彼とは、身分の差を超えた繋がりが生まれていた。

けれど、ノエルとのことに踏み込まれたくない。

——わたしが……ノエルを好いているだと……？

あり得ない。自分は男色家ではない。そもそもノエルを誘惑したのは、彼が自分に特別な好意を持っているとわかったからだ。エイブラムへの復讐のために、ランバートはその想いを利用した。ただそれだけで、何度も口にしたような愛などない。

「愛など……」

拳を額に押し当てる。急速に胸が痛み始めて、苦しくて仕方がなかった。

早く――エイブラムへの復讐を終えなくては。そうすれば、こんな胸の痛みとも別れられる。

むろん、モリスが危惧《きぐ》するように、ことが済んだ暁《あかつき》には、ノエルを冷たく突き放すことはしない。その恋心が傷つかないようにゆっくりと、恋人関係を解消していく。

その後も、ノエルの支援は続けるつもりだ。エイブラムの血を引いてはいるが、彼に恨みはない。あまりに純真すぎて、恨みようがなかった。

ただ、胸が痛むだけだ。

——まだ早いが……仕掛けよう。

ランバートは乱暴に、ウイスキーを呷《あお》った。

§第八章

彼の前に、様々な上流階級の屋敷のドアは閉じられていた。それでも、噂は入ってくる。

今シーズン、ベックフォード伯爵が連れ回している、天使のような青年――。

なんとかその姿を確認したくて、話題の芝居、オペラ、演奏会に彼は足繁く通った。そうする以外、その青年の姿を見ることができなかったので。

そうして、彼は見た。

「ノエル……！」

信頼し切った様子でベックフォード伯爵と話している息子に、彼は青褪めた――。


ノエルはほっと息をついて、テラスから夜空を見上げた。手にはシャンパンのグラスを持っている。

広間は大勢の人いきれで、暑い。火照《ほて》った頬に、冷えたグラスを軽く当てた。

「はぁ……」

夜会の日々をもうひと月以上過ごしている。最初は目新しいことばかりで、飛ぶように毎日は過ぎていったが、慣れてきた今はどうだろう。

美食、美酒、ダンス、会話、会話、会話――。

じっくり観賞していたい芝居やオペラでさえも、ボックス席には入れ替わり立ち替わり人々が行き交い、落ち着いて観賞することもできない。

——田舎《シーズン》に帰りたいな……。

もう社交期は充分だった。それよりもケンブリッジシャーに帰り、ランバートと二人でゆっくりと過ごしたい。本を読んだり学問をしたりして、落ち着いた時間を持ちたかった。

きっと、賑やかな社交は向いていないのだと、ノエルは思う。ランバートはどうだろうか。

振り返り、人ごみの中のランバートを目で捜す。ひと際すっとした長身を、ノエルはすぐに見つけた。穏やかに周囲の人々と会話をしている様子だ。

「ランバートは好きなのかな……こういうの……」

少なくとも、生まれながらの貴族らしく、ノエルよりもずっと慣れている。

またノエルはため息をついた。いくら外見を取り繕っても、ノエルの根底は修道院育ちの貧しい若者だ。おまけに、とノエルはしばし遠い目になる。

ランバートと実父エイブラムとの因縁《いんねん》に、思いを馳《は》せた。エイブラムを憎んでも憎みきれないだろうに、ランバートはその息子であるノエルを愛してくれている。そのことが申し訳なく、胸が苦しい。

自分はランバートになにを返せるだろう。そう考えずにはいられない。ランバートを愛しているから、彼を少しでも幸せにしたかった。その心の苦しみを楽にする手伝いをしたかった。けれど、亡くなった兄バートランドのことはランバートにとって秘められた心の苦しみで、その相談相手にノエルはなれない。またランバートが言わないのに、ノエルから口に出すことなどできなかった。

時々、ランバートが厳しい顔で闇を睨んでいるのを、ノエルは知っている。ランバート自身はノエルが眠っていると思っているようだが、ちゃんと気づいていた。

――僕はただ、甘えて側にいるだけでいいのだろうか……。

ノエルは手にしたシャンパンの泡を、じっと見つめた。


熱気のこもる広間から息抜きをする振りをして、ランバートはそっと廊下に出た。いかにも一人になれる場所を探すように、のんびりと通廊を歩く。

そのあとを追う気配があった。ランバートは小さくほくそ笑む。

ウッドホール子爵の夜会は、比較的開かれたものだ。だから、裕福なジェントリや最近成り上がってきた資産家なども顔を出している。だから、シスレー男爵のような悪評芬々《ふんぷん》たる男でも出席することは不可能ではない。それを狙っての参加であった。

すでに、噂は充分に出回っている。ノエルの容姿、その後見をしているのがベックフォード伯爵であること、そのすべてにエイブラムはさぞ気を揉んだことだろう。

先日のオペラの会場で、ノエルの姿を凝視していたことにも気づいている。

――最愛の息子を敵に奪われた気分はどうだ、シスレー。

それも、ただランバートの腕の中に囲い込まれただけではないことをエイブラムが知ったら、どんな顔になるだろうか。おまえの息子は敵に抱かれる『女』になったのだ、と。

ゆっくりと通廊を歩みながら、ランバートは暗く口元を歪めた。ノエルには申し訳ないと思うが、これこそが彼を引き取ったランバートの目的だった。

ノエルを堕落させ、エイブラムの希望を打ち砕く――。

堕落の内容が、よもや自分との恋になるとは予想もしていなかったが、仕方がない。

人目を避けて、ランバートは小さな居間に身を滑り込ませた。午前に使用する居間だ。こんなところに入り込む客はまずいない。

カーテンを開け、月明かりを室内に入れる。そして、待った。

それほど時を置かず、静かに扉が開く気配がする。ランバートは窓辺から、ゆっくりと振り返った。

シスレー男爵だ。憔悴《しょうすい》した顔で目だけをぎらつかせて、ランバートを睨《ね》めつけていた。

「……ベックフォード」

憎々しげなエイブラムに、ランバートは軽く片眉を上げて応じた。

「待っていたよ、シスレー」

エイブラムはすでに、七十歳近いはずだ。しかし、背筋が伸びた長身に、貴族的な高い頬骨の骨格は、老いてもなお彼にある種の品のある風格を与えている。中身は最低の男であるのに――。

冷ややかに、ランバートはエイブラムを見返した。

「……ノエルになにをした。あの子をどうするつもりだ！」

震える指が、ランバートに突きつけられる。ランバートはそれを鼻で笑い飛ばした。初めて動揺を見せているエイブラムが、小気味よくてならない。

「人でなしのおまえでも、自分の息子は特別のようだな」

「息子には関係ないだろう！」

上擦った怒鳴り声が耳に快い。ようやくエイブラムに与えられた打撃に、ランバートは復讐の悦びを味わう。

こうしてやりたかったのだ。兄が感じたのと同じ絶望を、この卑怯な男に与えてやりたかった。

冷淡に、ランバートは返す。

「おまえに陥《おとしい》れられ、破産に追い込まれた人々も同じように思っただろうな。なんの関係があって、自分から財産を奪うのか、と」

「……っ！」

「死に追いやられた妻たちも思っただろう。なぜ、夫が妻をこれほどに苦しめるのだ、とな」

ランバートの糾弾《きゅうだん》に、エイブラムがわずかによろめく。

「……だから、わたしから息子を奪おうというのか。たった一人の息子なんだぞ！」

「おまえに死に追いやられた人々も、生きたいと望んでいただろう。それを殺したのは誰だ？」

「わたしは……わたしが殺したわけじゃない。勝手に死んでいったんだ」

エイブラムが吐き捨てる。心の底からそう思っているのだろうか。自分が殺したのではない、と。

なんという唾棄《だき》すべき男だ。ランバートの目が険しくなる。

「すべてを奪っておいて、勝手に死んだ？　よくも言えたものだな。ならば息子のことも諦めるがいい。おまえふうの言い方をするなら、ノエルも勝手に堕ちていくんだ」

「……息子になにをした。なにをするつもりなんだ！」

エイブラムが愕然と、目を見開く。ランバートは軽く、肩を竦めてみせた。

「なにも。わたしは彼を楽しませてやっているだけだ。それに溺れるのは……ノエルの勝手だろう」

「わたしの息子を……めちゃくちゃにするつもりか。神に守られて、あれほどに真っ直ぐに育っていたものを……！」

しかし、そこではっとしたように扉のほうを振り返る。

「ノエルに教えてやれば……！　ベックフォードに騙されているのだと教えてやれば、きっと……」

「今さら、おまえを信じるとでも？」

「ベックフォード！」

血走った目で、エイブラムがランバートを睨む。それに薄く笑って、ランバートはエイブラムの希望を打ち砕く。

「散々おまえの悪評を聞いて、あの子はすっかりおまえに失望している。ああ……ブランシャール侯爵夫人――あの子の母親がどうして亡くなったのかも教えておいた。自分の母親を追い詰め、死なせた父親を、息子が恋しがると思っていたのか？」

「貴様……貴様、よくも……っ」

エイブラムが飛びかかってくる。それをほんの一歩でよけて、ランバートは嘲《あざけ》るように低く笑った。

「すべて本当のことだ。真実を知られて、それでもなお息子に愛されるとでも思っていたのか？」

「わたしはあの子の父親だ。たった一人の父親だぞ！　……そうだ、ちゃんと話し合えば、あの子もきっと……！」

なんとか己に希望を見出そうと、エイブラムが呟く。

おかしくておかしくてたまらなかった。この期《ご》に及んで、まだノエルが自分を受け入れると思っているエイブラムが、おかしくてならない。

ノエルがエイブラムを信じることはない。受け入れることはなおなかった。なぜなら――。

薄く笑っていた笑みの形を、ランバートはわずかに変える。嘲笑から淫靡《いんび》な笑みへと。そうして、口を開いた。

「……無駄だ、シスレー。ノエルはけして、おまえを信じない。なにしろ、あの子の身も心も、わたしのものなのだからね」

「身も心も、おまえのもの……？」

含みのある言い回しに、エイブラムが訝《いぶか》しげにランバートを見上げる。その目がゆっくりと見開かれ、愕然と唇が開くのを、ランバートは恍惚《こうこつ》といってよい気分で眺め続けた。

やがて、よろめきながらエイブラムがランバートに縋りついてくる。

「おまえ……おまえ、あの子になにをした。なにをしたんだ、ベックフォード！」

ニヤリと、ランバートは唇の端を上げる。じっとエイブラムの目を捉え、囁いた。

「とてもいい味だったよ、おまえの息子は」

「ベックフォード……」

よろよろと、エイブラムが後退る。含みのある言葉だけで、息子になにが起こったのか悟ったのだろう。顔色が蒼白になっていた。

「あの子は……修道院で育ったんだぞ。神に仕えて育ったあの子を、おまえは……おまえは……」

常に顎を上げ、上からすべてを睥睨していた冷徹な緑の瞳が揺らぐ。がくりと床にくずおれるすべてを、ランバートは冷ややかに見下ろしていた。

「あの子には……あの子にはなんの罪もないのに……息子には……」

「――わたしに抱かれて、ノエルがどんないい声で鳴いたか教えてやろうか、シスレー。とても可愛く喘ぐのだよ。女のように後ろを犯されながらね」

「やめろ……やめてくれ……」

エイブラムが両手で耳を覆う。その手を剝ぎ取り、ランバートはさらに彼を嬲《なぶ》った。己の悪行のために、罪のない息子がどんな悪徳に堕ちたのか。自ら悦んで堕ちていったのか。

「毎晩、わたしを求めてくるよ、ノエルは。いやらしく腰を振って、悦んでわたしの雄を後ろに咥え込んでいる。おまえの息子は立派な『女』だ、ふふ」

「……悪魔め！　おまえのような男をこそ悪魔と言うのだ！」

涙ながらにエイブラムが罵る。その罵りすらも、今のランバートには心地よいものだった。ついに、エイブラムを屈服させたのだ。ようやく、待ち望んでいた復讐の美酒を味わえる。

「――その目で、可愛い息子が堕ちていくのを見届けろ、シスレー。これがおまえの罪の報いだ」

憎悪の眼差しで見上げるシスレーを鼻で笑い、ランバートは彼を地獄に叩き落とすのだった。


硝子《ガラス》扉の陰で、ノエルは震えていた。今聞いたのはなんだったのだろう。

――わたしに抱かれて、ノエルがどんないい声で鳴いたか教えてやろうか。

頭ががんがんする。

少し休みたかっただけだった。テラスに逃げたのに、ランバートの情報を集めようとしたご婦人方に捕まりそうになって、それを避けて広間から逃げ出した。ベックフォード伯爵夫人になりたい、あるいは娘をそうしたいと考える人々は大勢いて、後見されている形のノエルは恰好の情報集めの対象だったのだ。それがどうして、こんなことになってしまったのか。

あの時、広い居間に逃げて、やっとやり過ごせたとホッとしたのも束の間、奥からなにか声が聞こえた。争っているような様子に不審を覚えて近寄ると、そこは硝子扉で小さい居間と区切られていて、その硝子扉の向こうに人影が見えた。ランバートの長身だった。

声をかけようと扉を薄く開けかけ、中の言い合いを聞いてしまったのだ。

——自分の母親を追い詰め、死なせた父親を、息子が恋しがると思っていたのか？

続く言い争いで、相手が父なのだとわかった。そして——そして、ランバートはなんと言っていた？

震える身体を、ノエルは抱きしめる。そうしていないと、耳にしたことの恐ろしさにどうかしてしまいそうだった。

——とても可愛く喘ぐのだよ。女のように後ろを犯されながらね。

——悪魔め！　おまえのような男をこそ悪魔と言うのだ！

ランバートが自分を求めたのは、愛ゆえではなかったのか？　ノエルを愛したから、その愛を乞うたのではなかったのか。

——あぁ……ランバート……！

すべては偽りだった。ランバートがノエルを愛したのは——愛していると言ったのは、ノエルに惹かれたからではない。恋情でも、切ないほどの愛でもなかった。

エイブラムを痛めつけたかったから……。

ランバートが出ていく気配がし、ノエルも静かに硝子扉を閉めた。残された父と対面する気力などなかった。

ランバートは自分を愛していない。愛していない。愛していない！　彼がノエルを求めたのは、エ

イブラムへの復讐のため。愛されていると思ったのに。求められていると信じていたのに。

裏切りの真実が、ノエルの心を切り刻む。

――僕はただの復讐の道具……。

父エイブラムを苦しめるために、ランバートはノエルを男色の罪に落とし込んだのだ。

ノエルの頭は真っ白だった。今はなにも考えられなかった。ランバートにどんな顔を見せたらよいのかもわからない。そもそもの最初から、ランバートはエイブラムへの復讐のためにノエルを引き取ったのか？　あのやさしさも、思いやりも、すべて偽りだったのか。

ノエルは座り込んだまま、抱えた膝に顔を埋めていた。立ち上がる力もなかった。

そうしてどれくらい経ったのか。外からざわつく気配が感じられた。のろのろと立ち上がり、窓の外を覗く。夜会も終わりに近づき、馬車を玄関に回す人々が増えたのだ。もしかしたらランバートも、帰宅のためにノエルを捜しているかもしれない。

――行……かなくちゃ……。

いつまでもここにいたら、ランバートとエイブラムの話を聞いていたと知られてしまう。気づかれたら……。

いや、気づかれたからといって、どうなるのだ。ランバートはノエルを利用した。それも手ひどく利用した。そのことを、自分は糾弾するべきなのだろうか。

――わからない……。

今は自分がなにを感じて、どうしたいのか、なにも考えられなかった。

青白い顔で、ノエルは忍び込んだ広い居間を出る。ホールに向かうと、その隅の椅子に力なく腰掛けた。

しばらくして、ノエルを見つけたランバートが、広間のほうから足早に歩み寄ってくる。

「ノエル、どこにいたんだ！　……ん？　顔色が悪いな。具合が悪いのか？」

いつものように心配そうに顔を覗き込まれた。ノエルはとても見上げられなくて、俯いたまま口の中で嘘をつく。

「すみません……なんだか急に……気分が悪くなって。人いきれで暑かったせいでしょうか」

そう付け加えると、ランバートが納得した風情で頷く。

「だいぶ盛況だったから、熱気に当てられたのだろう。すぐに馬車を回すから、帰ろう。ここで待っていなさい、ノエル」

そう言うと、自家の馬車を用意させるために玄関に向かう。

わずかに視線を上げ、ノエルはその逞しい後ろ姿をじっと見つめた。胸が痛い。見つめるだけで愛しさが溢れる。こんなにも愛しているのに——。

込み上げる涙を、ノエルは俯くことで隠した。


ベッドに入ったノエルに向かって、従僕のエイムズがメイドからなにかを受け取ってやって来る。

「旦那様からのホットミルクですよ。甘くしてありますから、ご気分も落ち着かれるでしょう」

「……ありがとう、エイムズ」

サイドテーブルにカップを置いたエイムズに、ノエルは小さく礼を言う。起き上がり、なんとかそれを手にした。ほんの少し前までは、ランバートのそういう気遣いを嬉しく感じただろう。頬が赤くなったかもしれない。だが、真実を知った今は、寒々しいだけだった。

「それでは、お休みなさいませ」

軽く一礼して、エイムズが寝室から下がる。

やっと一人になって、ノエルは深いため息を吐き出した。

帰りの馬車の中でも、ランバートはなにかと心配してくれた。クラバットを弛めたほうが楽だろうと解いてくれ、ベストのボタンも外してくれた。それからノエルの自分で自分を抱きかかえるような仕草に気づくと、自分の分の上着も着せかけて、温めようとしてくれた。

本当なら、嬉しいことばかりだ。ランバートにやさしく気遣われ、愛情を感じるのは、ノエルにとって何物にも代え難い幸福であった。

けれど、真実を知ってしまった。ランバートはノエルを愛していない。愛するどころか、恨みのある男の息子として、復讐の道具にしていた。

今、ノエルにあるのは道具にされた怒りではなく、絶望だ。ランバートを恨むというよりも、彼の憤りの強さに気づかなかった己の愚かさへの悔恨だった。

なぜ、ランバートがノエルとエイブラムを分けて考えてくれるなどと信じたのだろう。バートランドへの思いの深さを考えれば、彼が憎い父の血を引くノエルを受け入れるはずがないものを。

ランバートの兄バートランドは、エイブラムにすべてを騙し取られたことで絶望し、死んでしまった。ノエルを復讐の道具に利用してでも、ランバートが復讐を誓うのは当然だ。

「当然なんだ……」

ぽつり、とノエルは呟く。手にしたカップに涙が一滴零れ落ちた。ランバートにとって、復讐がすべてになるのは無理からぬことだった。大切な兄を――冷たい母親から守ってくれた兄を、エイブラムに殺されたのだから。だから、復讐のことだけ思いつめたとしても仕方がない。

何度も、何度も、ノエルはそう自分に言い聞かせる。

ランバートを恨むのか？　いいや。

そっと、ランバートが手配してくれたホットミルクを口に運ぶ。温かなミルク、そして甘味が、口の中に広がった。

「……美味《おい》しい」

甘くて、滋味《じみ》たっぷりのミルクはたしかに冷え切った身体に沁みる。

ランバートの心も、兄の死からずっと、こんなふうに凍りついていたのだろうか。凍えて、寒いままでいたのだろうか。涙が次々に、瞳から溢れてシーツに落ちた。

以前、エイムズが言っていた。ランバートがあんなふうに笑うのは、バートランドが生きていた時以来だ、と。あの時ノエルは、自分がランバートにとっての安らぎになれたら、と思っていた。もっともっと、ランバートを楽しませることができるようになれたらと願っていた。

ランバートの楽しそうな笑いも、ノエルを騙すための偽りだったのか、それはわからない。

けれど、ランバートがずっと凍えたままなのはわかる。エイブラムによって彼の心は打ち砕かれた。

救いは、復讐にしかない。

――なんて哀しい……なんて苦しい……。

だが、ランバートが住む地獄はそこだ。

愛は、まだノエルの心にあった。ランバートの愛が偽りであったことを知ってもなお、彼を愛する心はなくならなかった。

もう愛されないことはわかっている。仇の息子を、ランバートはけして愛さないだろう。

ならば、ノエルになにができる。愛するランバートのために、自分にできることはなんだ。

ノエルは唇を噛みしめた。

――ランバートが望む通りにしよう。

復讐の道具にしたいのなら、最後までその道具になろう。そのあと、顔も見たくないと追い出されても、素直に出ていこう。彼の気が済むまで、愛されて幸福な振りをし続けよう。もしかしたらノエルの絶望まで、ランバートはその目で見たいのかもしれないから――。

自分にできるのはそれだけだ。そうして復讐を完結した暁に、ランバートの心が晴れればいい。すっきりと晴れ渡って、新しい人生に向かえるといい。

エイブラムの息子である自分には、ランバートを愛することだって本来は許されない。束の間の夢を見る資格もなかった。できるのは、すべてを差し出すことだけだ。

「愛しています、ランバート……愛しています……」

誓いを捧げるように、ノエルは何度も呟いた。

§第九章

「シスレーがすべての事業から手を引いただと？」

例の夜会から数日後、秘書からの報告にランバートは眉間に皺を寄せた。

「はい。とはいえ、男爵家に残されたものはもうそれほどございません。領地の経営も上手くいっていないようですし、早晩行き詰まるのはあきらかです」

「……そうか。で、シスレーはロンドンを出たのか？」

問いかけに、秘書が首を左右に振る。

「いえ、ロンドンのタウンハウスにおられるそうです。その点は、モリスさんのほうが詳しいと思いますが……」

「わかった、ありがとう。今日はもう下がっていい」

「かしこまりました」

命令に応じ、秘書が部屋を出ていく。ランバートは考え込んだ表情のまま、書斎の椅子に深く腰を掛けていた。ノエルの件があの厚顔な男への最後の一撃になったのか――。

と、秘書と入れ替わりになった形で、執事がドアから入ってくる。

「旦那様、こちらの方がお見えです」

そう言うと、銀のトレイに載せた名刺をランバートに示した。

ランバートの渋面が深まる。面会を求めた相手は、エイブラムであった。いったいなんの用でのこのこやって来たのか。

「――会おう。客間か？」

「はい、旦那様」

悠然とした足取りで、ランバートは客間へと向かう。

向かった先では、ほんの数日で一気に老け込んだエイブラムがいた。悄然と、ソファに座っている。

もっともランバートに気づいて立ち上がった顔には、それでもまだ傲然《ごうぜん》とした色が残されてはいた。

「――で、用件とはなんだ、シスレー」

冷ややかに問いかけたランバートを、エイブラムは濁った緑の瞳で睨む。若い頃はさぞかし綺麗な緑だったろう。今のノエルのように。

ノエルの姿が脳裏に浮かびかけ、ランバートは苦い思いでそれを打ち消す。ノエルには可哀想なことをしている。その罪悪感が、ランバートの心を苦くさせた。

しかし、これは必要なことだ。意を強くして、エイブラムを見返す。

エイブラムが震える口を開いた。

「……すべての事業を手放した。おまえの望み通り、遠からずわたしは無一文だ。これで気は済んだだろう。ノエルを返してくれ」

「返す？　あなたに？」

鼻を鳴らして、ランバートは喉の奥で笑った。ノエルが進んで父親のもとに帰ると、エイブラムは思っているのだろうか。だとしたら笑止《しょうし》だ。

「なぜ、ノエルがおまえのところに？　わたしの側で、あれは幸せを満喫しているというのに」

「幸せなどと言うな！　汚らわしい……っ」

　エイブラムが吐き捨てる。

　たしかに彼の言う通り、同性で肉欲に溺れる行為は、汚らわしいの一言だ。だが、ノエル自身も望んでいる行為である。

「――昨夜も、ご子息はわたしの腕の中で愛らしく鳴いていたのだが？」

「言うな！　おまえがそそのかしたのだろう、純な息子を……！」

「そそのかしたなど、人聞きの悪い。ただ誠心誠意世話をした結果、ご子息の心がわたしに向いただけのこと。可愛らしい愛情に応えたからといって、責められるのは心外だな」

「よくも……よくもそんな戯言《たわごと》を……！　息子を返せ。わたしへの復讐ならばもう気は済んだだろう。これ以上、息子を傷つけないでくれ！」

　ひざまずき、エイブラムが懇願する。権高《けんだか》なこの男にしては信じられない、卑屈な態度だった。それほどにノエルが可愛いか。

　腹立たしさが込み上げる。怒りのままに、ランバートはエイブラムをさらに鞭《むち》打つ。

「哀願すれば許してもらえるとでも？　いいや……いいや、シスレー。おまえ自身、そうやって哀願してきた相手を幾人、打ち捨ててきた。最後の希望まで奪い取り、何人を絶望に追いやった。――答えはノーだ。ノエルはおまえのもとには戻らない。わたしを愛し、おまえを憎み、おまえのすべてを否定するだろう。それが、おまえの今までしてきたことへの報いだ。甘んじて受け止めろ」

「ノエルを……息子をまだベッドに引きずり込むのか？　わたしの罪ゆえに、おまえの欲望の捌《は》け口にするのか」

わなわなと震えながら、エイブラムがランバートに訴える。

もちろん、そうするつもりだ。エイブラムがそれほど厭うならばよけいに、ノエルを情人として抱き続けるだろう。冷然と、ランバートはエイブラムを見下ろす。

「――それが最も、おまえに打撃を与えるというのなら、何度でも、おまえが生きている限り、ノエルをわたしの『女』にしてやる」

「…………っ！」

悲痛な呻きを、エイブラムは上げる。絶望に見開かれた目を、ランバートは暗い悦びとともに見返した。そうして、背中を向ける。ドアを開け、執事を呼んだ。

「面会は終わりだ。帰ってもらえ」

「かしこまりました、旦那様」

よろめきながら、エイブラムが屋敷から出ていく。

その様を、二階廊下の手すりから、ノエルが青白い顔をして見つめていた。


深夜になるとひっそり、ランバートがノエルの寝室に忍んでくる。二人の逢瀬は、いつもそうやってひそやかに続けられていた。

すでに夜着に着替えていたノエルが立ち上がって出迎えると、歩み寄ったランバートが抱きしめる。金の髪に頬を埋め、ため息をつく。どこか疲れたような様子だった。

ノエルはその広い背中を抱きしめ返して、そっと訊ねる。

「……お疲れなのは、父が来たからですか？」

わずかに、ランバートの腕が強張《こわば》った。

「なぜ、知っている」

「帰っていくところを見ました。父が……あなたにご迷惑をおかけしていないといいのですが……」

そう口にしながら、ノエルはエイブラムの打ちひしがれたような姿を思い起こす。ランバートの復讐は、順調にエイブラムに効果を及ぼしているようだった。それなのに、どうしてかランバートの神経はささくれ立っている。留飲が下がっている様子には見えない。

不自然な間のあとに、ランバートがやさしくノエルを抱く腕を解く。顔を見下ろし、頬を撫でてきた。

「あの男のことをおまえが心配する必要はない。なに、ほんの……仕事上の話があっただけだ」

「そう……なのですか？」

違うとわかっているのに、ノエルはそう訊き返す。二人の対決を知らないはずの自分が、それ以上ランバートを問いつめることはできなかった。

ランバートは苦笑めいた笑みを洩らす。愛しげにノエルの頬を包み、軽いキスを送る。

「――大丈夫だ。おまえを男爵に渡すことはしない。おまえはわたしの……可愛い恋人だ」

「ランバート……ぁ」

ガウンを床に落とされ、抱き上げられる。ベッドに下ろされたノエルは、悠然と自身もガウンを脱いでくるランバートを切ない気持ちで見つめた。

ランバートはやさしい。なにも知らなければ、自分は今も彼に愛されていると信じただろう。

「ぁ……ん、ふ……」

互いに夜着を脱がせ合いながら、裸身で絡み合う。壊れ物のように大事に、ノエルはランバートの愛撫を受けた。最後に繋がり合うまで、ランバートは丹念にノエルの身体を蕩かしてくれる。いつも――最初の時からずっと、そうであった。

「あ……あ、あ……あ、あぁ……っ」

そうして、両足を広げられた恥ずべき恰好で、ノエルはランバートの充溢に身体を開いていく。

軽く腰を揺らしつつノエルを貫きながら、ランバートがつまった呻きを洩らす。心地よさにひそめられた眉、筋肉の波打つ腹部、そして、弛く突き上げるような動きで自身を中に挿入していく逞しい腰の動きを、ノエルは泣きたいような思いで見つめた。

「あぁ、ノエル……んっ」

まだランバートはノエルに欲情してくれる。まだノエルで、気持ちよくなってくれる。

――ランバート、僕でもっとよくなって……。

そうして、復讐の苦しみから少しでも解放されてほしい。

そう、苦しみだった。エイブラムを罵倒したあの夜会の夜、ランバートにあったのはようやく復讐を果たせる悦びだった。けれど、あれから日々が過ぎ、ノエルは少しずつ理解しつつあった。

復讐の悦びは、ランバートをけして楽にはしないことを。

現に、あれほど打ちひしがれた状態にエイブラムを追い込んでも、ランバートから歓びは感じられない。彼から感じられるのは、苦さだ。エイブラムを痛めつけても痛めつけても、彼が味わうのは苦さだった。少しも救われていない。

けれど、どうしたらランバートのその苦さが消されるのか、ノエルには方法がわからない。

右の頬をぶたれたら、左の頬を差し出せと、かつて主は言われた。

恨みに復讐をぶつけても、人は救われないのだろうか。

「っ……ノエル、気持ちがいいか？」

根元までノエルに呑み込ませたランバートが、抱きしめながらそう囁く。

ノエルは羞恥をこらえて、応じるように腰を小さく動かした。

「はい……あなたが中にいると思うと、すごく……あ」

事実、度重なる情交で、ノエルの肉体は抱かれる悦びを覚えつつあった。最初の頃は恥ずべき果実を弄られながらでなければ挿入の痛みに全身が強張ったが、今では逆に、挿れられることで肉奥が疼く。熱く、逞しいものでいっぱいに中を満たされると、花芯が淫らにそそり立ってどうしようもなくなる。

それをちゃんとわかっているのだろう。ランバートが喉の奥で小さく笑い、二人の身体の間に挟まれているノエルの果実に触れてきた。

「……ぁ」

「たしかに……ここ、ここがこんなに硬くなっている。とても……気持ちがよさそうだ」

「んっ……駄目、ランバート……あ、あ」

そのまま握った果実を軽く扱かれて、ノエルは甘い喘ぎを洩らす。けれど、声が高くなる前に唇をきつく噛む。

「んっ……ん……っ」

ランバートがノエルの花芯を弄りながら、ひそりと耳朶に囁いた。

「そうだ、ノエル。そうやって声を我慢しなくてはいけない。使用人に聞かれたくはないだろう？」

「ん……っ、はい……ぁ」

喘ぐ声を誰かに聞かれたら大変だ。同性で肉欲を味わうのは許されない禁忌《きんき》で、知られればランバートの名に傷がつく。自分のことよりもランバートの体面を思い、ノエルは懸命に唇を噛みしめる。

その唇にそっとキスをして、ランバートがガウンから出して枕元に置いてくれたハンカチを咥えるよう促してきた。ノエルは従順に唇を開き、そのハンカチを噛みしめた。

「――動くよ、ノエル」

「ん……うん…………んっ、んっ……ん、ふ」

ゆっくりと、最奥《さいおう》まで挿入されたランバートの雄が前後に動き始める。引いて、柔襞を抉《えぐ》るように突いて、時々戦慄く粘膜を意地悪く擦り上げてくる。

「ん、ん、ん……んん、っ！」

ビクンと背筋を仰け反らせたノエルに、ランバートがうっとりと告げる。

「あぁ……いいよ、ノエル……君の中はなんて……んっ」

穿つごとに、ランバートの充溢が逞しさを増す。ノエルで感じて、ノエルで昂るランバートに、ノエルも泣きたいほどに切なく高まる。

――ランバート……ランバート……！

そう呼びたいのをこらえ、ノエルは汗ばみながらノエルの肉の深みを突き上げるランバートをきつく抱きしめた。

「んっ……んっ……んん、っ！」

と、指先がツンと尖った乳首をかすめる。キュッと花筒が窄《すぼ》まり、ランバートが低く呻いた。

「ノエル……こんなところまでこれほど感じるようになって……」

「んっ……ん、ぅ……ゃ……」

身を屈めてランバートが、乳首にそっとキスをしてきた。それから、やさしく咥えてくる。

ランバートに愛されて、ノエルの胸もすっかり過敏な場所になっている。

「ゃ……ゃ、め……んんっ」

胸を吸いながら、ランバートが突き入れた怒張を揺らす。

ビクビクと、ノエルの全身が震えた。果実が限界まで反り返る。

「イッてもいい、ノエル。また何度でも、君をイかせてあげるから……」

「そん……ぁ……んん――……っ！」

乳首と肉奥への愛撫に、ノエルは限界に達する。上がりかけた悲鳴を、ハンカチを食いしめることで耐え、ノエルは勢いよく白蜜を吐き出した。

「んっ……あぁ、ノエル……すごい締めつけだ……ん、ん……っ」

「……ひぅ、っ……んんっっ……！」

達して、まだびくびくしている身体で、ランバートがゆったりと自身を動かす。絶頂直後の過敏な身体に、味わうような抽挿はむごかった。ノエルは目を見開いたまま、忘我《ぼうが》の境地に突き上げられる。

「んん――……っっ！」

放出を伴わない快美に繰り返し襲われ、全身を引き攣らせる。

「ノエル……ノエル……く……っ」

そのまま気を失うまで、ノエルはランバートに貪られた。


数日後、ノエルはひそかにベックフォード伯爵家のタウンハウスを抜け出した。ランバートは出かけている午後だ。

――男でよかった。

怪しまれずに出られて、ノエルはほっと胸を撫で下ろす。これでノエルがレディであれば、外出にはシャペロン付き添い《つきそい》が必要なところだ。しかし、それでは目的が達せられない。

執事が管理していた来客の名刺からエイブラムのものを抜き出し、ノエルはそれを手がかりに男爵家のタウンハウスを探す。

ほどなくして、見つかった。ベックフォード伯爵家のものに劣らないほど立派な建物だ。人を騙し、財産を奪って得た屋敷だった。

ノエルはこくりと唾を飲み込んで、覚悟を決めるとその扉をノックした。現れた執事に、自分の名を告げる。

「ノエル・セレスタン・オークウッドです。シスレー男爵は御在宅ですか？」

執事はノエルの話を主人から聞いていないのか、無表情に客間に通す。

落ち着かない気分で、ノエルはソファに腰を下ろした。父に会ってどうしたいのか、ノエルにもわからない。けれど、ランバートの懊悩《おうのう》は深まるばかりで、復讐の悦びに彼が癒《い》やされているようにはとても見えない。誰かがどうにかしなければ、ランバートはきっといつまでも救われない気がした。

なにができるのかはわからないけれど——。

慌ただしい足音が聞こえてくる。はっと顔を上げたノエルに、ドアが勢いよく開かれるのが見えた。

「ノエル……！」

老い、やつれた父が涙を浮かべて、ノエルを見つめていた。

ノエルは立ち上がり、軽く挨拶をする。エイブラムがよろめくように歩み寄ってきた。

「ノエル……よくここに……」

ノエルは言葉が出ない。罵るべきなのか、それとも、父と呼んで歩み寄るべきなのか。

無言のノエルに、エイブラムの手が震えている。抱きしめたいが、できない。そういった風情だった。そうして、ランバートへの非難を口走る。

「ベックフォードにいろいろと吹き込まれているのだろう？　わたしを憎むように……。信じるんじゃない、ノエル。わたしはおまえの父親だ。ずっと……ずっと、おまえに会いたかった」

老いて濁った緑の瞳が涙で潤む様子から、ノエルは居たたまれない思いで目を背けた。

「……では、母はどうして、あなたから僕を隠したのですか。フランスで一人、客死したのです」

「それは……それは、あの女がわたしに嫌がらせをしたからだ。夫婦仲に少し……問題があって、よりにもよって息子を……わたしの目から隠した。ひどいのは、おまえの母親のほうだ」

唾を飛ばして、エイブラムは妻リュシエンヌを非難する。思わず、ノエルは反論した。

「あなたが追いつめたのに!?　母から財産をすべて奪い取って、自殺するよう追いつめたでしょう。だから、母はあなたから逃げ出して……っ」

「違う！　そんなことはしていないっ。だいたい、妻の資産が夫のものになるのは当然のことだ。わたしは人に批判されるようなことはしていないっ」

「母をイギリスから逃げなくてはならないほど追いつめたのに!?　それだけじゃない。あなたの他の奥様たちにも、あなたはなにをしました。ランバートのお兄さんにも、なにをしたんですか！　あなたはたしかに、直接手は下していないでしょう。でも……あなたのしたことのために、たくさんの人が傷ついて、死んでいったんですよ。それもすべて、ランバートの嘘だというのですか？」

「わたしは……！」

ノエルの糾弾に束の間怯んだエイブラムだったが、すぐに背筋を真っ直ぐに伸ばして反論する。

「貴族の結婚というのは、財産を増やすためのものだ。その通りに増えたからといって、批判される覚えはない！　前ベックフォード伯爵についても……きちんと書類を確かめないのが悪いのだ」

傲然と胸を張るエイブラムを、ノエルは哀しい思いで見返した。本当に父は、なにひとつ自分に非はないと思っているのだろうか。自分は悪くない。相手が悪いのだ、と。

それならば、なぜ、ランバートがあれほどの報復に身を捧げる。

この半年近くランバートと暮らして、ノエルにもわかるものがあった。使用人たちの様子、社交界での人々の態度から、彼が本来はとても高潔な人物なのだろうことが窺える。でなければ、どうしてあれほど使用人たちから温かく愛されるだろう。

本来のランバートならば、ノエルを騙すようなことはしない。利用することも、おそらく。

けれど、そうしなければならないほど、ランバートはエイブラムの兄への仕打ちに憤激していたのだ。愛する兄がすべてを奪い取られて、死に追いやられたことを許せるわけがない。

他にも何人も、同じように資産を奪い取られた人々がいることも、ノエルは知っていた。それは噂ではなく、事実であった。

「……そんなにまでして資産を増やして、あなたは幸せだったのですか？」

怒りではなく憐れみが、ノエルの口を動かす。

エイブラムはたしかに、一時は相当な資産家になった。けれど、その金はエイブラムを幸福にしたのだろうか。愛も友情もなく、ただ金だけがある人生――。

エイブラムが愕然と、ノエルを見返す。

「なにを……言っている……」

ノエルは再度、問いかけた。

「人を騙し、追いつめて財産を奪い、それで裕福になったあなたは、幸せだったのですか？　満たされましたか？」

「それは……当然だろう。金がなければ、みじめな暮らししかできない。見ろ！　この家だって、今に手放す。ベックフォードにすべてを奪われて……！　もうおまえに残してやれるものもない。こんなに不幸なことはないだろう！」

エイブラムが訴える。ノエルは静かに問いかけた。

「助けてくれる人はいないのですか？　あなたがこうなって、庇ってくれる人はいないのですか」

その問いに、エイブラムがつまったように黙り込む。

「あなたのひどい噂を聞いて反論する人は？　上流社交界から拒まれても、なお友情を守る人は？」

それにも、エイブラムは真っ直ぐに唇を引き結んで答えない。

ランバートには伯爵家が零落しても、なお仕えてくれる使用人がいた。彼付きの従僕モリスにしても、ランバートの軍隊時代の部下だと聞いている。派手ではないけれど、親しさを窺わせる付き合いの友人も幾人かいた。貧しい時代も、彼らの友情は続いていたと聞いている。

けれど、エイブラムには誰もいない。愛する妻も、家族も、友人も、なにも。

金があるよりも、それはなお貧しいとノエルは思った。それと同時に、父がまだ己のしたことを本心では反省していないことも、わかる。ノエルのためにランバートに取り縋っただけで、本心では自身の振る舞いを悔いていないのだ。

――だから、ランバートも……。

それを感じ取っているからこそ、ランバートの復讐の念は消えず、その心も癒やされないのか。

ノエルはそっとエイブラムの手を取った。父をソファに座らせて、自分もその向かいに腰を下ろす。どうしたら父が、自分のしたことの本当の意味を悟るのかはわからない。しかし、父に向き合うのは息子としての務めだと思った。自分にしかできない務めだ。

「――では、お父さん、僕の話をしましょう。お金がなくても幸福だった、僕の育ちの話です。聞いて下さい」

ゆっくりと、ノエルは父に語り始めた。

それからノエルは、たびたびランバートの目を盗んで、エイブラムのタウンハウスに通った。話すのはノエル自身のこと、それから、エイブラムのことだ。

「……おじい様はそういう方だったんですか。とてもいい方だったんですね、やさしくて」

「なにがやさしいだ。友人と称する連中にいいように騙され、資産をくすねられて……おかげで母がどれほど苦労したことか。夢見がちな父に財産のことなどわからないから、母が一人で男爵家を切り盛りして、苦労して……。やさしいというのは間抜けと同じ言葉だ、ノエル。よく憶えておけ」

そんなふうにエイブラムは、ノエルに自身の両親についてを語る。だから、

「金のあるのはよいことだ。見ろ、この暮らしを！」

と邸内を見回し、ため息をつく。ランバートがどれほど容赦なくエイブラムを追い込んだのか、男爵邸からは日毎に家具や絨毯が古ぼけた物に替えられていった。それに対して、ノエルは笑う。

「充分立派ですよ。僕のいた修道院と比べたら、まるでお城です」

エイブラムが不満そうに首を左右に振る。

「本当はおまえを育てた修道院にも寄付をしたかったんだ。おまえにもっと豊かな暮らしをさせたかったし……。だが、わたしの息子だということが知られたら、おまえが……その、死んでしまうような気がして……」

口ごもったエイブラムに、ノエルは首を傾げる。

「どうして、僕が死ぬだなんて思ったのですか？」

純粋な疑問だった。その頃からランバートを恐れていたのだろうか。

しかし、違った。エイブラムが眼差しを落としながら答える。

「……わたしの子供は誰一人生き延びられなかった。……そうだ、神の罰かと思っていたのだ」

その呟きに、ノエルはなにも言わない。神を畏《おそ》れる気持ちは、悔い改めるための第一歩だ。しかし、

それを指摘して、エイブラムを意固地にしたくなかった。

代わりにそっと席を立ち、エイブラムの前に膝をつく。安心させるように、その手に掌を重ねた。

「神の家ならば、僕が生き延びられると思ったのですね、お父さん」

「ああ……馬鹿馬鹿しい迷信だ。だが、十三人も子供を亡くせば誰だって……」

そう言うと、エイブラムは項垂れる。伸び上がり、ノエルは父をやさしく抱きしめた。

「ありがとうございます、お父さん。おかげで、僕はこんなに元気です」

濡れた緑の目が、ノエルを見上げる。弱々しい老人の目だった。ノエルと同じ色の瞳だった。

「……ノエル、わたしのところに戻ってきてくれないか？　ベックフォードのところにいたら、おまえは……！」

ノエルが騙されているのだと、エイブラムはまだ打ち明けていない。ノエルは知らないのだと、父は思っている。それがどれほどの傷を息子の心に刻むか、危惧しているのだろう。

残酷だと思われているエイブラムにも、そういうやさしさが残っていたことは救いだ。

ノエルは微笑んだ。それはどこか、哀しみを内包した微笑だった。

「できません。まだ……あの方は僕を必要としておられる……」

「ノエル、それは……！」

騙されているのだと告げようとするかのように、エイブラムの唇が震えた。

しかし、眼差しが落ち、代わりに別のことを訊かれる。苦渋の問いだった。

「あいつを……ベックフォードを、愛しているのか」

初めての、二人の関係を示唆する言葉だった。それにノエルは真摯に答える。深い想いをこめた告白だった。

「……はい、愛しています。ごめんなさい、お父さん」

エイブラムは両手を固く握りしめた。愛を確認する問いに動揺しない息子に、なにを見たのか。

「おまえ………いや、わたしはいいんだ……おまえが誰を愛そうと、おまえが幸せなら……おまえの愛が……報われるのなら……」

父は深くは問いつめてこない。ただむごい真実を知っているだけに、父の返事は切れ切れだった。

それが父からのノエルへの愛情に思える。それだけ強く、父はノエルを愛してくれているのだ。

これほどにノエルを愛する心があるのに、なぜ、他の人には残酷になれるのだろう。

ノエルはエイブラムを抱きしめたまま、目を閉じる。どうか、わかってもらいたかった。

「……報いは求めていません。僕はただ……あの方が解放されることを願います」

愛があるから、ノエルはランバートを恨まない。ただ彼の安らぎだけを求める。

「解放……」

エイブラムの呟きに、ノエルは頷く。

唐突に、自分は幸福だったのだと思った。豊かではないが、周りの人々の愛に包まれて育つことができた。誰かを憎んだり、恨んだり、あるいは悪意に傷つけられたりすることなく成長できた。

その無上の幸福を、ノエルは思う。

ランバートは違った。生母からは誕生ゆえに疎まれて育ち、たった一人の理解者であった兄をエイブラムに殺され、今、彼の心は憎悪で埋まっている。そうなるのが当たり前であった。

そして父もまた、心に傷を抱えている。金に執着するのは、苦しむ実母を見たゆえのことだった。

もちろん、だからといってエイブラムのしたことは許されない。だが、ただ罰するだけでは、父の闇は払われない。

ノエルはわずかに身を離し、エイブラムをじっと見つめる。ランバートだけではない。父にも、自らを捕らえる暗闇から解放されてほしい。そうなった時、初めてエイブラムは己のした行為を悔いることになるだろうが、そこからやっと、父の贖罪《しょくざい》への道が始まる。

――大丈夫だ。父にもまだ、誰かを愛する心は残っている。

その証拠がノエルだった。ランバートに縋るほどにノエルを思ってくれる父ならば、まだ改心の道はある。だから、ノエルは自分から言った。

「――あの方が、僕をお父さんへの復讐に利用していることは……もう知っています。お二人が夜会で言い争いをしているのを聞いてしまいました」

「ノエル……ならばなぜ……！　なぜ、まだ奴の家になどいるのだ。奴はおまえを愛していない。それがわかっているのなら……！」

エイブラムが愕然と目を見開く。息子がとうに承知していたことに、父はショックを受けているようだった。

ノエルは切なく微笑む。愛が、ランバートに復讐を決意させた。けれど、愛は一方で、ノエルの心に許しを産む。

「愛しているからです。ランバートを愛しているから、彼の気が済むまで側にいようと決めたのです」

「気が済むまで……。ぼろぼろになるまで奴に玩《もてあそ》ばれるつもりか。奴はきっと、おまえをぼろ雑巾のように捨てるぞ。奴はおまえを愛していない。愛していないのに、無垢なおまえの身体に……！」

ランバートとの情交を示唆する言葉に、ノエルはぐっと唇を噛んで耐える。そうして、小さく謝罪した。

「……ごめんなさい。道に外れる行為をして」

「それでもおまえは奴を許すのか？　それほどの辱《はずかし》めを受けてなお奴を許すのか。なぜ……!?」

エイブラムがノエルの両肩を摑んで揺さぶる。息子の愚かさがどうしても理解できない、そんな切羽詰まった目をしていた。

ノエル自身も、己が愚かだと思う。もっと賢く、もっと気の利く人間であったなら、ランバートのために最も役に立つ行為ができただろう。

だが、ノエルは愚かで、ただひとつのことしか思い浮かばない。

「――愛しているからです、お父さん。僕には、ただ人を愛することしかできません。僕の愛など……あの方は欲しがらないと思いますが……」

そうして微笑んだ。なにもできないノエルに、たったひとつできること。

「お父さん……お父さんもどうか、僕を愛するように、周囲のみんなも愛して下さい。愛は返ってこないかもしませんが、でも……心は満たしてくれます。少なくとも僕は、ランバートが憎しみから解放されてくれれば、たとえその時が捨てられる時であっても、僕の愛は救われます。あの方の幸福を望むことが、僕の愛です。――お父さんもそうでしょう？　僕を生かすために親子の名乗りを上げず、僕の心を守るために、ランバートの真実を言えなかった。それが愛です、お父さん」

「ノエル……」

エイブラムが項垂れる。そのあとはずっと、エイブラムは黙り込んでいた。

ノエルもじっと、父の側にいる。励ますように、その手を握り続けた。

――あれは……？

クラブに向かう馬車の中から、ランバートは眉をひそめた。

エイブラムのタウンハウスから、見慣れた金髪の青年が出てくる。

「ノエル……！」

なぜ、彼がエイブラムの屋敷から出てくるのだ。いつの間に、エイブラムとコンタクトを取るようになった。

ランバートの頬が怒りに紅潮していく。裏切りだ。

――わたしに黙って、いつの間にシスレーと……！

手にしたステッキを、ランバートは痛いほどに握りしめた。

§第十章

いかにも散歩から帰ってきたという体《てい》を装い、ノエルはベックフォード伯爵邸に戻った。この時間、ランバートは友人の屋敷を訪問したり、クラブに顔を出したりで、屋敷にはいない。田舎と違いロンドンでは、様々な集いに顔を出すことが多かった。レディたちは冬の間の出来事や、社交シーズンのゴシップ話で忙しいし、紳士方の間では始まった議会についての話が飛び交う。ランバートは貴族として上院に議席を持っていたから、政治活動にも真摯だった。

コートと帽子を執事に預け、ノエルは自室へと階段を上がる。父の心が少しずつ周囲へと向けられつつあることに、気持ちが和《やわ》らいでいた。

エイブラムも最初から人でなしであったわけではない。父の心の中にもやさしさは潜んでいる。それが喜ばしい。人間らしいやさしさを取り戻した時、父は苦しむことになるだろうが、父の心からの悔恨をランバートも望んでいるはずだ。

エイブラムが本当に前非を悔いた時、ランバートも復讐心から解放されるかもしれない。もちろん、それでもなお許せなかったとしても仕方のないことだ。エイブラムのしたことは非道な行いだった。

だから、ノエルは願うだけだ。エイブラムの心からの悔いが、前進への第一歩になってくれることを。ランバートにとっても、そして、父自身にとっても——。

ノエルはそう考えながら、自室のドアノブを回した。中に入って、少し休もうかとクラバットを弛める。

と、その手がビクリと止まる。扉から背を向けたソファに、ランバートが静かに腰を下ろしていたからだ。

「ランバート……！　いつからここに？」

驚いて、ノエルは彼に駆け寄る。けれど、彼の表情に凍りついた。

見たこともないほど冷ややかな顔をして、ランバートは座っている。ノエルを見返した瞳は、冷たい怒りを内包したはしばみ色だった。

「ラン……バート……？」

いったいなにを怒っているのだろう。ノエルは身が竦む。

ランバートが片眉を上げて、ノエルを睨《ね》めつけた。

「――いつから、シスレーのところに行っていた」

「え……」

ぎくりと、ノエルの心臓が跳ねた。冷や汗が背筋にじんわりと滲みだす。

「どうして……それを……」

「質問をしているのは、わたしだ。誰の許しを得て、シスレーに会いに行った」

「それは、あの……」

説明しようと思うのだが、喉がつまって上手く言葉が出てこない。ランバートを裏切るためではなかったが、彼に無断でエイブラムを何度も訪ねていた。それは弁解しようもない。

ランバートが立ち上がる。凍りついたノエルの手首を摑むと、乱暴に寝椅子《カウチ》に突き飛ばす。

「誰が、シスレーの家に行ってよいと言った！」

「ご……ごめんなさい！　ごめんなさい、ランバート……ただ僕は……」

「僕は？　やはり、肉親の情は捨て難かったか……」

吐き捨てるようにランバートが呟く。彼がすっかり誤解して、ノエルに裏切られたように感じているのが見て取れた。

それは違う。それだけは違う。ノエルは起き上がった。

「違います、ランバート！　僕はただ僕にもなにかできることはないかと……あなたのために……」

「できること？　よけいなことはしなくていい。せっかくあの男の影響を受けずに育ったのだ。悪に染まってはならない」

ため息をつき、ランバートがノエルの隣に腰を下ろす。ノエルを心配するような苦悩が垣間見える。

ノエルは悄然と俯いた。

「ごめんなさい、ランバート……」

「では、もう二度と、一人でシスレー男爵に会わないでくれ、ノエル」

ランバートがノエルの髪を撫で、そう言ってくる。

ノエルは返事につまった。ランバートの希望は尊重したい。だが、父のことも見捨てられない。少しずつ、人間らしい心を取り戻しつつあるのだ。今、ノエルがエイブラムを見捨てたら、また元の冷酷な父に戻りかねない。今度こそ、誰にも心を開かなくなるかもしれない。

思わず、ノエルは顔を上げた。ランバートが眉根を寄せる。

「なんだ、ノエル」

「……お願いします。あともう少し、父のもとに通わせて下さい。あともう少しなんです」

指を組み、ノエルは懇願する。ランバートの顔色が怒りにどす黒く変わっていく。

ノエルは息を呑んだ。自分が、ランバートの怒りを買ってしまったことに慄《おのの》く。

だが、もう少し、あともう少しでエイブラムの心に他者にしたことへの悔いが生まれるかもしれない。それはきっと、ランバートにとっても重要なのではないかと思うのだ。

「……このことに関しては関わるなと言ったはずだ。聞こえなかったのか、ノエル」

ランバートの声が地を這うように低い。それがランバートの怒りの深さを表しているように思えて、ノエルは震えた。それでつい、言わなくていいことを口にしてしまう。

「父はもう少しで、人間らしい心を取り戻すはずです。きっとランバートにも、今度こそ本当に罪を悔いる……」

「ふざけるな！」

いきなり乱暴に、突き飛ばされた。ノエルは寝椅子に倒れ、ランバートを仰ぎ見る。

ランバートは怒りに震えていた。

「なにも知らないくせに、わかったようなことを言うな！　兄があの男のためにどんな目に遭ったのか、ノエルも聞いただろう。――兄はあの男のために死んだのだ。絶望して、自ら死を選んだ」

「そんな……！　自ら死を……」

ノエルは初めて聞いたバートランドの死の真相に、愕然となる。絶望のあまり亡くなったのだと思っていた。病んで、命を落としたのだと思っていた。しかし、自ら選んだ死。自殺。

小刻みに全身が震え出した。なんという罪深いことを父はしたのだろう。ただの病死ではない。ランバートの愛する兄を自殺に追い込んだなんて――。

真っ青になったノエルに、ランバートが舌打ちする。よけいなことをしたノエルに対する忌々しさの窺える振る舞いだった。

「……申し訳ありません、ランバート」

床にひざまずき、ノエルはランバートに謝罪する。自分のした行為がどれほどランバートの心を傷つけたことか。そして、父のなんと罪深かったことか。

苛立たしげに、ランバートが髪をかき上げた。どさりと、寝椅子に腰を下ろす。

「だから、エイブラムに近づくなと言ったのだ。まんまと絆されて……」

ノエルは唇を噛みしめる。絆されたわけではない。それは断じて違うのだが、ランバートには言い訳としか聞こえないだろう。代わりに再度、ノエルは謝罪する。

「申し訳ありませんでした。僕は……あなたの愛に甘えていました。僕のような人間を……あなたが愛して下さって……」

口にしながら、涙が込み上げる。本当は、ランバートはノエルを愛していない。愛してくれたことなど一度もない。

当然だった。ノエルは文字通り、彼の最愛の兄を自死に追いやった男の息子なのだから――。

ぽろぽろと涙が溢れ、床に染みを落とした。ランバートが眉を寄せる。

「泣くな、ノエル」

抱き起こされ、隣に座らせられた。零れ落ちる涙を吸い取られる。

けれど、ノエルはランバートを見られなくて目を伏せた。今目が合ったら、内心が知れてしまう。

「ノエル……ノエル、泣くな。もう怒っていないから、目を開けて、わたしを見てくれ」

できるわけがない。目を覗き込まれたら、ノエルの苦しみに気づかれてしまう。ノエルは頑なに、目蓋を閉じ続けた。

しかし、目元に、頬に、額に、こめかみに、こいねがうように何度もキスをされて耐えられなくなる。ランバートの腕から逃れようと、ノエルはもがいた。もがいて、目が開いた。

強引に頬を摑まれ、上向かせられる。

「やっ……！」

泣き濡れた緑の瞳とはしばみ色の瞳が見つめ合う。その一瞬だけで、ランバートには充分だった。

「ああ……そういうことか。……シスレーになにを吹き込まれた。あの男にどんな偽りを？」

偽りと言うのか。ランバートがノエルを愛していないという真実を、彼は偽りだと言うのか。

涙が止まらない。騙され続けなくてはならない。ランバートが望むまで、その偽りを真実だと信じ続けなくてはならない。

「いいえ、なにも……。ただ申し訳ないだけです。父がそれほどまでにひどいことをしていたなんて……それなのに、その息子である僕を……あなたがまだ、愛して下さるなんて……」

必死に信じる言葉を口走るノエルに、ランバートの表情が凍りついた。白亜の彫刻のように表情が消える。

「……わたしを憐れんでいるのか、ノエル。それとも、父への許しのために、己を犠牲に差し出しているつもりか。もう知っているのだろう。わたしが本当はおまえを騙していたことを。愛の名のもとに——。わたしも見くびられたものだな」

ランバートの唇が歪む。その綺麗なはしばみ色の目が、憎悪を載せてノエルを睨めつけていた。

ノエルは必死で抗弁する。

「違います……違います、ランバート。僕は……」

憐みではない。憐みを乞うとしたら、ノエルのほうだ。

だが、そんなノエルの拙い言葉では、ランバートの怒りは解きほぐせない。寝椅子に身体を叩きつけられた。倒れ伏したノエルは、ランバートを仰ぎ見る。

「まだ言うか、ノエル。では……君がいったいなにを『愛』と呼んでいたのか、教えてやろうか」

「ゃ……ランバート、なにを……」

ノエルを睨めつけながら、ランバートがシャツを脱ぎ落とす。そうして上半身だけ裸体となり、寝椅子に片足を乗せてきた。ノエルはずり上がって、ランバートから逃れようとする。ランバートの怒りが恐ろしかった。怒りのあまり、彼がなにをしようとしているのかが怖かった。

ランバートは逃がさない。ノエルのクラバットを解き、シャツのボタンを引きちぎるように外す。

「……やめ、っ」

「憐れなわたしに、その身を犠牲に差し出していたのだろう？　ならばいつものように、黙ってわたしにその身体を抱かせればいい。やさしい天使……誰にでも憐みを与える残酷な天使め」

「ひっ……やめて、ランバート……こんな昼間から……！」

ズボンの前立てを弛められ、無造作に剝かれる。

「ぃや……いやだぁぁ――……っ！」

伸しかかるランバートに、下腹部を剝き出しにされる。ブーツをもどかしげに脱がされ、膝まで下ろされたズボンをすべて剝ぎ取られる。そのまませわしなく後孔をまさぐられ、ノエルは絶叫した。

その声は廊下にまで響き渡っただろう。

しかし、様子を見に来る人間は、誰一人いなかった。誰一人——。


「ぁ……あ、あ、あぁぁぁぁぁぁぁぁ——………っっ！」

指二本で無造作に広げられただけの花襞を貫かれ、ノエルの悲痛な叫びがランバートの耳朶を引き裂いた。

抵抗するノエルを寝椅子の上で四つん這いにさせ、背後からひと息に雄を呑み込ませている。背筋を反り返らせたノエルは両目を見開き、ガクガクと震えていた。

当然だろう。いつもの完全に蕩かせてからの行為ではない。怒りのままの強引な情交だった。

今頃モリスが、部屋の前に立っているかもしれない。中でなにが行われているか、使用人たちによけいな詮索をさせないために。

ランバートはノエルの中にすべてを収めながら、鼻で笑った。悲鳴だけなら、ノエルはただランバートに折檻《せっかん》を受けているだけと解釈されるかもしれない。ランバートとノエルが寝ていることを知っているのは、ランバート付きの従僕モリスのみだから、いかにもありそうなことだった。しかも、ノエルから上がった悲鳴はいつもの快楽交じりの甘いものではなく、完全に苦痛と恐怖のそれだ。

ノエルの尻を高く掲げさせたまま、ランバートはゆっくりと抽挿を開始した。ノエルの中が馴染むのを待ってはやらない。これは、懲罰《ちょうばつ》だった。

いつから、ノエルはランバートが彼を愛していないことを知っていたのか。復讐に利用していたことを知っていたのか。

それを知りながら、殉教者のように己のすべてを差し出してきたノエルが忌々しい。彼の憐れみが憎い。憐れむくらいならば憎めばいい。ひどいことをされたと怒り、口を限りに罵ればいい。

苛立ちのままに、ランバートはノエルを犯した。抱いたのではない。犯したのだ。

「んっ……んっ……んぅ……っ」

苦痛に、ノエルは呻いている。しかし、もはや無駄だと思ったのか、いやだと抵抗はしてこなかった。ただつらそうに、声を殺している。こんな目に遭ってもまだランバートのすべてを受け入れようとするノエルに怒りをかき立てられ、その金髪を乱暴に掴む。

「あぅ……っ」

上向かせて、囁いた。

「どうした？　いつものように腰を揺らして、わたしに奉仕しないのか。それとも、こんなに強引なのはお気に召さないか」

「ラン……バート……」

ノエルの澄んだ緑の瞳から、透明な涙が流れ落ちる。さらに残酷な気分を煽られ、ランバートは命じてみた。

「前に教えただろう？　気持ちよくなるように、自分で自分のペニスを可愛がってやりなさい。君の中のわたしが……気持ちよくなるように」

「そん、な……」

また涙が流れ落ちる。けれど、ランバートが怒りをぶつけるように乱暴に突き上げると、啜り泣きながら、片手を己の下腹部に差し伸ばした。もう片方だけでは上体を支えきれないのか、がくりと寝椅子にくずおれる。

「……いい恰好だな、ノエル」

「っ……ん……ふ……」

嘲笑に、ノエルがつらそうに呻く。けれど、尻だけ高く掲げてランバートの充溢を呑み込み、片方では自分自身で性器を弄るノエルの姿は、信じられないほど挑発的で、ランバートの雄を煽った。

弛く揺らしながら、ノエルに問いかける。

「気持ちよくなってきたか、ノエル」

「ん……ゃ、訊かないで……」

けれど、ランバートはそっと、ノエルの下腹部を覗き込み、確認する。

低い笑いが、喉の奥から零れた。

「勃っているな……ふふ」

「ゃめて……」

ノエルは泣き声だ。だが、触れている果実は淫らに勃ち上がり、硬くそそり立っていた。犯されながらの自慰に、感じているのだ。

「すっかりわたしの女だ。わたしに抱かれるのは好きだろう、ノエル」

「んっ……ゃ……っ」

啜り泣きながら、ノエルが喘ぐ。いやだと答えながらも従順に、ランバートに命じられたまま自慰を続ける。どれほどの天使でも肉の悦びにはかくも弱い。ランバートによって堕落した天使だ。

ランバートは乱暴に突き上げ、突き上げながらノエルを絶頂に追い込んだ。

「いや……ゃ……んぅ、んん――……っ！」

一度目の放埓《ほうらつ》。

だが、ランバートはそれしきでノエルを許さない。無造作にノエルから自身を引き抜くと、体勢を入れ替える。ランバートが寝椅子に横たわり、その上にノエルを。

「ゃ……ランバート……も、許し……」

「いいや、まだわたしは慰められていない。シャツを脱げ、ノエル。全裸になって、今度は君から、わたしを呑み込むんだ」

「そんな……無理……」

がくがくとノエルが震える。むろん、ランバートは聞き入れない。無情に命じて、ノエルに騎乗位での行為を強いる。

いつも、ランバートにやさしく愛されるだけであったノエルに、それはあまりに恥ずべき仕打ちだった。泣いて許しを乞いながら、無理矢理その体勢を取らされる。

「ランバート……やめて……許して……許して下さい……」

「そのまま腰を下ろすんだ、ノエル」

「……あっ！」

グチュ、と砲身に花襞を広げられ、ノエルがびくんと凍りつく。

「下ろせ、もっと！　シスレーのために、わたしに奉仕するのだろう？　さあ、ノエル」

「ちが……僕は……僕は……あなたを愛しているから……あ……あ……あ……」

愛している？　ランバートは鼻で笑った。自分がランバートに騙されていたと知ってなお、まだ愛しているというノエルが信じられない。それとも、これも彼の憐れみか。

一度中に放たれている蕾は柔らかく綻んで、充溢に素直に花びらを開いていく。ランバートの上で、ノエルは恐ろしさに戦慄きながら、ゆっくりとその剛直を咥え込んでみせた。

そうして、ついにすべてを呑み込む。強いられた恥辱に零れる涙、けれど、しどけなくランバートに跨った下肢では、再度の挿入に、達したばかりの果実が淫らに熟し出している。

天使が乱れるとしたら、きっとこんな姿になるだろう。欲望を恥じ、それでいて淫らに蕩け――。どくり、とノエルの中の雄が昂る。天使を地上に引きずり下ろしたのは、自分だ。そのことに、信じられないほどの欲望を感じる。

「動きなさい、ノエル。じっとしていては、少しもよくならない」

「無理……」

震えながら、ノエルがぎくしゃくと首を左右に振る。本当に怖れ慄いて、呼吸が浅くなっていた。

無垢にもほどがある。もう何度も、ランバートの雄を受け入れているのに。だが、そうしたのはランバートだ。ノエルに合わせてゆっくりと、その身体に肉の歓びを仕込んでいった。

それも終わりだ。もう容赦するつもりはなかった。むしろ、めちゃくちゃにしてしまいたい。

無理だと震えるノエルに、ランバートは別の命令をする。手を取って、片手を乳首に、もう片方を性器に触れさせた。

「動けないのならば、そうやって自分で自分の身体を弄るといい。さっきの自慰のようにノエルが気持ちよくなれば、わたしも君を味わえる」

「そんな……」

しかし、身動きできないノエルは結局は抗えない。全身を朱に染めながら、おずおずと自分自身を弄り始める。

「ぁ……ぁ……見ないで……見ないで下さい、ランバート……んっ」

「どうして？　君がいやらしく、自分で自分を弄っている様くらい、わたしを昂らせるものはないよ。あぁ……君も気に入ったのだろう？　今ので実に心地よく、君の中がわたしを締めつけたよ、ふふ」

「いゃ、ぁ……っ」

嬲る言葉にもびくびくと、ノエルの全身が反応した。くちゅくちゅと、濡れた果実が淫らな音を立てる。ノエルの自慰に。

「――そのまま、いやらしいことを続けていなさい、ノエル」

我慢できなくなり、ランバートはノエルの腰を両手で摑んだ。ゆっくりと、立ち上がらせる。

「や……いや……やめて……やめて、ランバート……あぁ、っ」

ぎりぎりまで自身を抜き出すと、手を離す。ノエルは悲鳴を上げながら、再びランバートを吞み込んでいく。数回繰り返すと、弛い抽挿に頰を真っ赤にしたノエルが、小さく腰を揺らし始める。

「あ、あ……ぃや……こんな……」

「いやじゃない。とても素晴らしいよ、ノエル。最高に淫らで、素敵なダンスだ。――続けなさい。わたしが君の中で達するまで」

「んっ……い、や……ぃや……あ、あ……んんっ」

背筋を仰け反らせながら、ノエルの身体がくねる。羞恥に肌を染めながら、けれど、快楽に抗えないその様は、最高の淫舞《いんぶ》だ。

不器用な奉仕を、ランバートは最後まで楽しんだ。甘い悲鳴を上げて、蜜を迸らせるまで。


目覚めると、室内にエイムズがいた。痛ましげな眼差しで、ノエルを見遣る。

それでノエルは、自分とランバートのふしだらな関係が、エイムズに知れたのだと悟った。

「エイムズ……あの……っっ！」

起き上がろうとして、ノエルはかつてない鈍痛に呻く。慌てて、エイムズがノエルを支えた。

「大丈夫ですか、ノエル様。ご無理なさらないで下さい」

「……ごめん、エイムズ。みっともないところを見せてしまって」

居たたまれなさに目を伏せて、ノエルは謝罪した。

「いえ……」

エイムズも言葉少なだ。知ってしまった関係にどう対応したらよいのか、彼も決心がつかないのだろう。当然だ。

「その……ランバートはどうしているか、知ってる？」

ノエルの問いに、エイムズが一瞬、唇を引き結ぶ。視線を逸らして、彼は口を開けた。

「旦那様は……ノエル様の具合がよくなりしだい、シスレー男爵の屋敷にお送りするようにとの仰せでした」

「それって……」

「荷造りはもう済ませてあります」

口早なエイムズの言葉が、無情に響いた。出ていけと、言われたのだ。

ノエルは呆然と、ベッドに手をついたまま俯いていた。ランバートに切り捨てられた。もういらないと言われた。

涙が出るかと思ったのだが、不思議と出ない。抱かれている間は、壊れたように出ていたのに。

最後の情交、あれがランバートの答えだ。自分はランバートを傷つけた。一番守ってあげたかった人を傷つけてしまった。もうけして、ランバートはノエルを許してはくれまい。だから最後に、あんな懲罰のようにノエルを抱いた。

「――わかった、エイムズ」

しばらくして、ノエルは静かに告げた。エイムズがはっとノエルを見つめる。

「ノエル様！　なにがあったかは存じませんが、旦那様に謝罪なさっては？　ノエル様が仰れば、旦那様だってきっとお許しになられます」

その忠言に、ノエルは静かに首を振る。そんなもので許されるようなことではなかった。父とともに――あるいは父以上に、ノエルはランバートに憎まれている。

だがすべて、思い上がった自分が悪いのだ。

「いいんだ、エイムズ。ありがとう。……馬車を用意してもらえる？　行くから」

「ノエル様……！」

「一刻も早く、出ていかなくてはいけないから……」

空疎な声で、ノエルはエイムズに頼んだ。なにもかもがもう終わりだった。

馬の嘶《いなな》きに、ランバートはハッとして窓辺に向かう。眼下に、屋敷から出てきたノエルが乗り込むのが見えた。その姿は悄然として、生気がない。

当然だろう。ランバートが思い切り踏みにじったのだ。といって、憐れな姿に許しの言葉は出てこない。ノエルが許せなかった。ランバートを裏切り、勝手にエイブラムと会っていた彼が許せない。その上、ノエルはランバートの嘘も知っていた。本当はノエルを愛していないことを知りながら、それでもなおランバートを許した。

——腹立たしい……！

憐れな身の上はノエルのほうなのに、そんなふうになにもかもを受け入れる態度が腹立たしくてならない。まるで、エイブラムを許そうとしないランバートの態度を諌めるような振る舞いだ。

——所詮は、本当の苦しみを知らない子供の戯言だ。

心中で、ランバートはそう吐き捨てる。ランバートは兄を失った。この寒々しい家で、唯一自分を擁護してくれたバートランドを、エイブラムに奪われた。その恨みが、どうして簡単に晴らせよう。

エイブラムにしても、あれほどの悪人がそう簡単に良心を取り戻すはずがない。

ノエルは誑《たぶら》かされているのだ。エイブラムと暮らして、せいぜいそれを思い知るといい。

苦々しい思いで、ランバートは去っていくノエルを見送った。

§第十一章

ノエルが実はシスレー男爵の息子だと広く知られるとともに、社交界の家々の門は無情に閉ざされた。ノエル自身への好悪が問題なのではない。家名が問題なのだった。

ひそかにノエルの様子を気にしてくれる友人もいたが、その彼らにしてもまだ十代から二十歳そこそこで、表立ってノエルの力になることはできなかった。それに、世知にも長けていない。シスレー男爵家がどれほど困窮へと追いつめられているかなど、彼らが察知することはできなかった。

——手紙だけでもありがたい。

ノエルはそう思っている。ランバートから見捨てられている時だけに、手紙でだけでも友情を保ってくれる友人たちに、本当に励まされていた。

とはいえ、シスレー男爵家に入って初めて、父がどれほどランバートに追いつめられているか、ノエルは知った。事業のすべてを手放したが、それで得たいくばくかの資金もほとんどがそれまでの負債で消えてしまっていた。

男爵家にもいくらかの領地があったから、その経営状態も見せてもらったが、事業のほうに力を入れていたエイブラムは領地経営のほうはおざなりで、赤字すれすれの収益しか上がっていない。おまけに、領民たちに借し与えている家屋などの老朽化もひどくて、早々に手入れさせる必要があった。

新たに資金を入れて梃《てこ》入れしなければ、とても領地から収益が上がるようにはならない。

そこに様々な店の掛け取りがやって来る。エイブラムの趣味は贅沢《ぜいたく》で、服にしても住まいのあれこれの必要品にしても、また馬にしても、ちょっとした家の年収ほどの出費が生じていた。それを支払えば、本当に雀《すずめ》の涙ほどの現金しか残らない。あとは、イギリス各地に点在している土地や屋敷を売って、金を作るしかなかった。

ところが、である。売ろうにも買い手が現れないのだ。ランバートが邪魔していた。やっと買い手が現れても、そんな状態だからほとんど二束三文で買い叩かれる。

それでも、ノエルはエイブラムの許しを得て、売るしかなかった。そうする以外、自分たちが食べる分にも事欠くようになっていたからだ。ランバートのやり口は容赦なかった。それだけ彼の憎悪は深いのだ。つけられた傷はまだどくどくと血を流しているのだ。

――ごめんなさい、ランバート……。

ノエルはただ、ランバートのために自分もなにかしたかっただけだった。しかし、それがランバートをどれだけ傷つけてしまったか、改めて罪の意識に震える。

知らなかったというのは言い訳にはならない。すべて、自分の傲慢さが引き起こした事態だった。ノエルはただ祈るだけだ。ランバートがどうか、幸せになりますように。どうか、この復讐で彼の心が晴れますように。

そんなノエルにとって、金の工面のために忙しい日々は救いだ。あれこれ頭を悩ませていれば、なんとか立っていられる。

報われなくても、彼さえ幸せなら――と、以前ノエルは言ったが、それがいかに覚悟の足りないものだったことか。利用されていると知りながら愛を囁かれるのはつらかったが、完全に見捨てられ、憎まれている今はその倍も三倍もつらい。いや、つらいというよりも、心が引き裂かれ、散り散りになったものが空を漂うだけ――。

絶望というものがこんなにも空疎なものだと、ノエルは知らなかった。ランバートがいない。ただそれだけで、なにもかもが虚《うつ》ろになる。しかも、そのすべてが自業自得なのだ。

涙も出なかった。ただ、ノエルの中が空っぽなだけだ。

だから、苦労はノエルにとっての救いだ。こうしている間は、なんとか生きていられる。己の未熟さ、その未熟さゆえに愛する人を傷つけてしまった居たたまれなさを、一時的にでも忘れられる。

夜になれば、叫び出したくなるほどの悔恨に苦しむけれど――。

そんな中、エイブラムが心労のため倒れ、ノエルはますますその細い肩に責任を一人で背負うようになっていった。

そうして、二ヶ月が過ぎた。

夜会から帰宅したランバートは、モリスの世話を受けて夜会服を脱ぐ。まだ一杯やりたい気分で、平易な服装に着替えると、モリスから話したいことがある、と切り出された。

「なんだ？」

グラスを片手に、ランバートは片眉を上げる。モリスは軽く咳払いをして、どこか諫める眼差しでランバートを見返し、口を開いた。

「――シスレー男爵が病に倒れたそうです。医師にかかる費用をノエル様が懸命に工面されて、看病なさっていると聞きました。旦那様はご存知ですか」

ランバートは眉をひそめる。エイブラムが病気になったのは初耳だ。

だが、と胸の中でシスレー男爵家の資産状況をざっと計算する。今や、男爵家の状況は火の車であるはずだった。所有している土地も屋敷も、最低の値でしか売却できないし、そうやって売却しても、限嗣相続に指定された土地、屋敷の維持に必要な金が、右から左に消えていく。老人となったかつての使用人たちへの年金も支払わなくてはならないし、彼らの住まいも修繕してやらなくてはならない。また領地で雇っている小作人たちへの義務もあった。

資産を処分して、一時的に収入を得ても、出ていくほうがはるかに多い。そんな状況でエイブラムを医師に診せれば、さらに金がかかる。はたしてノエルがやっていけるのか。

ランバートは奥歯を食いしめた。今さらノエルが苦労したところで、どうして自分が心配してやらなくてはならない。知らないままでいればよかったのだ。それをわざわざ自分から首を突っ込んだのはノエルだ。ランバートの復讐に巻き込まれたところで、自業自得だった。

冷ややかに、ランバートはモリスに答える。

「……それがどうした」

反発するように、モリスがランバートをじっと見つめる。

「大尉のお言葉とは思えませんね。わたしが知る大尉は、誰よりも思いやり深い方でした。間違っても、困っている人間を見捨てるような人ではありませんでしたが、いつの間に変わってしまったのでしょう」

「嫌味《いやみ》か。こんな時に、昔の呼び名など」

大尉、と軍隊時代の呼称を使うのは、よくない印《しるし》だった。そもそも、モリスはノエルを利用することと自体に反対だったことを思い出す。

モリスが肩を竦める。

「嫌味ではありませんよ。ただちょっと、昔の大尉を思い出してほしかっただけです。――最後のあれは、よく言っても強姦だと思いますよ、大尉。あの時のノエル様の悲鳴が、わたしは耳について離れませんよ」

「黙れ……！」

ランバートは大きな声を上げた。しかし、モリスは動じない。

「シスレー男爵への復讐は、正当な権利です。ですが、ノエル様への仕打ちは別だと思いますがね。――この頃では、ずいぶん痩せられたそうです。男爵よりも先に、ノエル様のほうが死んでしまいそうですよ、大尉。よろしいんですか？」

ランバートは唇を強く引き結んだ。痩せた、という言葉に、胸の奥がずきんと痛む。

だが、そんなふうに痛む自分に腹が立つ。ノエルはランバートを裏切った。あれほどエイブラムの悪辣さを教えてやったというのに、それでもなお親子の情を断ち切れなかった。その上、ランバートを憐れんで……。

――だが、先にあの子を利用したのはわたしだ。

心の奥底から、窘《たしな》める声が聞こえてくる。しかし、それをランバートは無理矢理胸の底に沈めた。利用はしたが、きちんと面倒を見るつもりでいた。その言葉を言い訳にする。

いや、言い訳ではない。ノエルがエイブラムの息子であろうとも、ランバートはノエルの美点を認めていた。その無垢な一途さを、ある意味愛してすらいた。

だからこそ、すべてが終わった暁には、ノエルが傷つかないように関係を終わりに導き、その後もずっと彼の支援を続けようと決めていたのだ。

それをノエルは裏切った。そう、裏切ったのだ。けして絆されてはならない。

ランバートは頑《かたく》なに、自身に言い聞かせた。その主人の態度に、モリスがため息をつく。

「あとで後悔しても、取り返しのつかないことになるかもしれませんよ、大尉」

「……うるさい。下がれ、モリス」

これ以上、忠告を聞きたくなくて、ランバートはモリスに背中を向けた。

背後で、モリスがやれやれと首を左右に振っている。しかし、声に出しては、

「かしこまりました。とにかく、言うべきことは言いましたので、旦那様」

と嫌味ったらしく付け加えて、命令通り、部屋を出ていく。

ランバートはひと息にグラスを呷った。アルコールが喉を焼き、胃に落ちていく。

「うるさい……黙れ」

それは、誰に聞こえることもない呟きだった。

数日後――。
裏口から大きな呼びかけが聞こえて、ノエルはのろのろと廊下を振り返った。屋敷の中を、なにか

売るものがないか探しているところだった。

また掛け取りが来たのだろうか。手文庫の中のわずかな金を思い浮かべ、ノエルは表情を暗くした。しかし、居留守を使うなどという手を、ノエルは思いつかない。なんとか自分を励まして、裏口に向かった。

今では使用人もいない。エイブラムの傲慢な使い方がよくなかったのか、賃金の支払いが滞り始めるとじきに、櫛《くし》の歯が抜けるように使用人たちが辞めていってしまった。

だが、彼らにも生活があるのだ。仕方がないと、ノエルは諦めている。

――なんとか、なにか売るものが見つかるまで待ってもらえるといいんだけど……。

そう願いながら、ノエルは裏口への廊下を曲がった。と、その目が見開かれる。

「――エイムズ！」

懐かしいベックフォード伯爵家の従僕が、バスケットを抱えてそこに立っていた。

ノエルは思わず駆け寄る。

「どうしたの、エイムズ。あぁ……でも、懐かしいな。みんなは元気？　あ、時間があるようならお茶でも……まだ少し残っているんだ。すぐ、お湯を沸《わ》かすから」

「いえ、ノエル様！」

急いで台所に向かおうとしたノエルを、エイムズが慌てた様子で止める。その顔が、摑んだ腕の細さに、束の間ぎょっとした様子になる。

それに気づいたノエルは、どう答えたらいいのか困り、曖昧に微笑んだ。

エイムズがその腕に、手にしたバスケットを押しつけてくる。

「これ！　……食べて下さい。ちょっとは力になると思いますから！」

「エイムズ……」

押しつけられたバスケットのハンカチを取る。中にはパンやミルクの缶、玉子、ベーコンなどが入っていた。思わず、ノエルの喉がごくりと鳴る。腹の虫が小さな音を立て、恥ずかしさにノエルは赤面する。

「ごめんなさい……こんなご馳走《ちそう》、久しぶりで……」

その言い訳に、エイムズが痛ましそうな顔になった。エイムズにはランバートとのことも含めて、なにもかもを知られている。今また、ノエルの困窮を聞いてこうしてくれたのだろうと思うと、そのやさしさにノエルは涙ぐむ。

「ありがとう、エイムズ……」

「いえ、ノエル様。こんなことしかできず、申し訳ありません。モリスさんが伯爵様に取り成して下さったのですが……その、なかなか……。ノエル様とシスレー男爵とのことは、関係ないのに」

腹立たしそうに、エイムズが吐き捨てる。ノエルは驚いて、顔を上げた。

「僕がシスレー男爵の息子だって知っても……いやじゃないの？」

「そりゃあ、驚きましたけど……でも、ノエル様はあの男とは全然違うじゃないですか！　ノエル様をよく知らない者ならともかく、わたしは側でお仕えして、ノエル様がどういうお方なのか、よく知っています。旦那様が男爵様を恨むお気持ちはよくわかっていますが、でも……ノエル様への仕打ちは公平じゃないと思います。旦那様らしくありません」

「エイムズ……」

ランバートを批判するエイムズに、ノエルは言葉を失う。

違うのだ。ランバートの怒りは正当で、それほどに兄を失った傷は深いのだ。ノエルは懸命に口を開いた。

「違うよ、エイムズ。ランバートが怒るのは当然なんだ。ランバートが怒ったのはね、僕が父の息子だったからじゃない。ランバートに黙って勝手に……父と会っていたから……僕にも、なにかできるんじゃないかって、思い上がって……。僕はランバートを傷つけてしまった。だから、許してもらえなくて当然なんだよ」

「そんなことが……」

初めて明かされた事実に、エイムズが驚く。今度こそきっと、エイムズの同情も消えるだろう。ノエルはそう覚悟した。しかし、エイムズから出たのはため息だった。

「……ノエル様は、よかれと思ってやったんですよね？」

「うん……でも、浅はかだった」

「それならきっと……いつかは旦那様もわかって下さいます。そこまでわからず屋のはずはありませんよ！」

ノエルを励ましたかったのか、大袈裟《おおげさ》なくらい明るくエイムズは言い切った。そうして、ノエルの視線に合わせてわずかに屈み込む。

「――ノエル様、気をしっかり持って、頑張って下さいね。俺……じゃなくて、わたしも時々、こうやってなにか差し入れしますから」

「俺って言うんだ、エイムズ」

気安い口調がなんだか心に沁みて、ノエルの口元に微笑みが浮かぶ。エイムズは頭をかいた。

「モリスさんには言わないで下さいよ。言葉使いが悪いと、ノエル様が伯爵家にお戻りになった時、従僕に再昇格させてもらえなくなりますから」

「今はなにをしているの？」

問いかけるノエルに、エイムズは肩を竦める。

「フットマンに逆戻りです。ノエル様のお陰で昇格できたのですから、きっと戻ってきて下さい、ね？」

「そう……だね……」

しかし、そう返しながら、戻る機会はもうないとノエルにはわかっていた。ランバートはノエルを許さない、けして。

そのノエルの肩に、エイムズが励ますように両手を置く。

「大丈夫です！　旦那様を愛しておられるのでしょう？　旦那様だってきっと……」

「ごめんね。あんな変なところ……知られるようなことをしてしまって」

「いえ、いいんです。ちょっと……そうかもって、思わなくもなかったし……。あ！　でも、気がついていたのは、俺とモリスさんくらいだと思いますよ。旦那様も用心深く振る舞っていらしたし」

「そっか……ありがとう、エイムズ」

ノエルは泣き笑うように微笑んだ。エイムズの精一杯の気遣いが嬉しかった。そして、夢だとしてもランバートに許される可能性を口にしてくれたことが、心の奥底に小さな灯りを灯してくれた。

――そうだ……夢を見ることだけは、まだ僕に残っている。

贈られたバスケットを押し抱いて、ノエルはエイムズを見送った。


その夜は久しぶりに、エイブラムに滋養《じよう》のあるものを食べさせることができた。

ベッドの上の父に、ミルクに浸《ひた》したパンを与えながら、ノエルは楽しそうに話した。

「エイムズが持ってきてくれたんです。前に話したでしょう？　僕付きの従僕だった」

「ああ、たしかにいたな。なんだってまたそんなことを……」

エイブラムが渋い顔をする。疑い深い父に、ノエルは穏やかに微笑んだ。

「心配してくれたんですよ。僕が困っていると聞いて、こんなに親切なことを……。ありがたいことです、お父さん」

「従僕が、わざわざな……」

エイブラムがため息をつく。その目は遠く、なにかを見つめているようだった。

「おまえには……困った時に助けてくれる者がいるのだな……。わたしには誰一人おらん」

「お父さん……」

エイブラムの視線が、シーツに落ちる。それをノエルは痛ましい思いで見つめた。そっと背中に手を添える。エイブラムが呟いた。

「これが、罪の報いというものか……。金さえあれば、なにもかもが手に入ると思っていたのに……」

ノエルは黙って、父の肩に頭を寄せる。悔やむ父に胸が痛んだ。こうも残酷にすべてを失った父を見るに忍びなかった。

だが、心から悔やめる人は幸いだ。父にとって、ここからが再出発になる。ノエルは父を励ました。

「でも、僕はお金持ちのお父さんよりも、今のお父さんのほうが好きです。ずっとずっと……好きですよ」

「ノエル……おまえにこんな苦労をさせたくはなかったのに……」

この頃、すっかり涙もろくなった父が涙ぐむ。滲む涙をハンカチでそっと拭い、ノエルは再びスプーンを取った。

「さあ、お父さん。それなら、もっと食べて下さらなくては。早く元気になって、二人で男爵家を再興させましょう」

「そうだな……そうだな、ノエル」

エイブラムが何度も頷く。その父に、ノエルはベーコンと玉子のスープを勧めた。

食事が終わると、トレイを持って父の寝室を出る。

台所に行くと、ノエルの食事だ。ただし、ほんの少しだけ。エイムズが持ってきてくれた食料を、できるだけもたせなくてはならない。病んだエイブラムには、滋養のあるものが必要だ。

自分はまだ若いから大丈夫。

ノエルは、干からびたパンを水に浸して柔らかくし、ほんの二口、三口、それを口にした。

そうしながら、金の計算をする。もうじき、領地で引退している昔の使用人たちへの年金支払いの期日が来る。本当は田舎に戻って、そこで畑仕事をしながら暮らしたほうが楽なのだが、エイブラムの具合を考えるとよい医師のいるロンドンをまだ離れられなかった。

——残っている屋敷や土地のどれかに、買い手がつくといいんだけど……。

そうしたら、またひと息つける。こんなやり方ではいずれ行き詰まるとわかってはいたが、エイブラムの療養を諦めることはできなかった。せめて、田舎への移動が叶う程度には体調を戻さなくては、身動きもままならない。今日はエイムズが来てくれて、本当に助かった。

「頑張ろう……」

ノエルは自分に言い聞かせる。ランバートの愛は永遠に失ったが、自分にはまだ気にかけてくれる人がいる。それがどれほど幸福なことか。

しかし、胸に穴を空け続けるこの空虚さはどうして埋まらないのだろう。

ノエルは一人ではない。助けてくれる友人もいる。それなのに、なぜ、こんなに虚しいのだろう。

わかっていた。たった一人の人の愛が失われたからだ。失われたばかりでなくその人を傷つけ、憎まれているからだ。

耐え切れなくなり、ノエルは両手で顔を覆った。

「ランバート……」

しかし、涙はない。ランバートを思う時、ただ身体がすぅっと冷えていき、腹の底がずんと重くなる。身体と心が分離するような浮遊感に襲われて、ノエルは悔恨の中を彷徨う。

この世には取り返しのつかないことがある。ノエルがランバートにしたことも、そういったもののひとつだった。

ぼんやりと顔を上げ、ノエルはのろのろと休む支度を始めた。

§第十二章

「お父さん、ハンプシャーの別邸を買いたいという方が現れたというので、ミスター・ブルックスのところに行ってきますね」

鮮やかな金の髪のノエルが、エイブラムにそう言って出かけていく。

エイブラムはそれを、ぎこちなく微笑んで見送った。どうもこの『微笑む』というのが、エイブラムには慣れない。

だが、自分のような人間を見捨てず、あれこれと面倒を見てくれる息子に、エイブラムはなんとかして微笑む程度のことはしたかった。そうすることを、ノエルがとても喜んでくれるので。

なにもかもを失って、エイブラムにたったひとつ残されたのがノエルだった。

ランバートはノエルを壊したつもりであっただろうが、彼の仕打ちに息子の本質は壊れはしなかった。あれほどの裏切りを体験してなお、ノエルから人を思う心が失われることはなかった。

修道院で育ったからだろうか。それとも、エイブラムの求婚に、純粋に愛情から応じたあのフランス女、リュシエンヌ・ポーリーヌ・ド・ブランシャール侯爵夫人の血を色濃く受け継いでいるためだろうか。

エイブラムは皮肉気に唇を歪めた。自分はけして、彼女を愛したりはしなかった。ただ彼女の持つ資産だけが目的だった。そんなエイブラムに、リュシエンヌは無私の愛情を捧げてくれた。

その愛情は少しもエイブラムの心を溶かしはしなかったのに、彼女の息子の愛情はエイブラムの頑なな心をやさしく解した。血を分けた息子だったからだろうか。

いや、自分も老いたのだ。老いて初めて、己の罪深さを知った。そして、その罪の報いは、一重《ひとえ》にノエルに押し寄せている。

金が欲しかった。金さえあれば、どんなことでも叶うと思っていた。住居も、衣類も、宝石も、人望も、女も、なんでも手に入ると思っていた。実際、手に入れてきた。

けれど今、すべてを失くして、エイブラムの手に残ったのは、エイブラムを一途に愛し、そして恐れた女の残したたった一人の息子。それも、この上なく清らかな心を持った、神に愛されるべき息子のみだった。

今ならなぜ、人が絶望して死を選んだり、愛のために身を持ち崩したりするのかわかる。

ノエルが可愛かった。愛しかった。この息子のためなら、エイブラムもなんでもできる。

息子が出かけたのを確認して、エイブラムはベッドから起き上がった。


この頃、なにをしても苛々する。

ひと頃、社交界では好青年のノエルが実はシスレー男爵の息子であった噂でもちきりであったが、それもすぐに廃《すた》れ、ノエルのことをあれほど歓迎していたというのに、すでに誰も口の端に乗せなくなっていた。

移り気な社交界だ。耳をそばだてるべきトピックスは次々に現れては消えていく。

そんな社交界でランバートも何年も過ごしてきたというのに、むしょうにいらついてならない。そうしてしばしば、最後に切なくランバートに抱きついて、無情な蹂躙《じゅうりん》を受け続けたノエルを思い出す。

『ごめんなさい、ランバート……ごめんなさい……』

ノエルは何度もうわ言のように謝ってきた。しかし、許しを乞うことはけしてしなかった。

ノエルはいかにも世間知らずな無邪気さはあったが、愚かではない。自分のしたことをランバートがけして許さないとわかっていたのだろう。

あるいはあの子らしく、許しを乞うことすら僭越《せんえつ》だと思ったのかもしれない。

ランバートが己を利用していると知りながら、従容《しょうよう》と己を差し出し続けた青年だ。ランバートを恨むのではなく、己を罰しようと考えることも充分にあり得た。

——馬鹿な子だ……。

ランバートは秘書が揃《そろ》えた書類を手にしながら、唇を噛みしめる。目はもう、まったく書類の文字を追ってはいなかった。モリスからノエルのやつれた様子を聞き、結局ランバートは別の人間にノエルの暮らしを探らせていた。

可哀想に。エイブラムを養うために、ノエル自身は食べる物も節約して、彼の世話をしているという。ノエルらしい話だった。

今、エイブラムはランバートが望んだ通り、みじめな暮らしを余儀なくされている。資産を切り売りするも最低の値段でしか売れず、その上、なけなしのその金も領地に吸い取られて、手元にはほとんど残らない。贅沢を好むエイブラムにはなによりつらい暮らしだろう。しかも病に倒れて、このまいけば彼が神に召される日も遠くない。

すべて、ランバートが望んだ通りになったではないか。

それなのに、ランバートの胸に去来するのは、虚しさだった。さだめし溜飲が下がるだろうと考えていたのに。

わかっている。こうまでしても、バートランドは帰ってこない。自ら死を選んだ兄は、二度とあの温かい笑顔をランバートに見せてはくれない。

「兄さん……」

書類が机に落ち、ランバートは額に拳を当てる。

兄の無念を晴らすための復讐だった。このことで、バートランドの魂は安らいだだろうか。

わからない。

そう、わからないのだ。死を選んだバートランドの思いは、生きている者には二度とわからない。

では、死者のための復讐に意味はあったのか。

兄を愛していた。ランバートにとって、家族とはバートランドをのみ指していた。その兄のために、これは正しい方法だったのだろうか。兄が本当に望んでいたのは、いったいなんだったのだろうか。

引き出しを開け、ランバートは一枚の絵を取り出す。拙《つたな》い肖像画だった。かつてランバートが描いたバートランドだった。兄はくすぐったそうにソファに座って、ランバートのほうを向いている。やさしい微笑み、穏やかな瞳に、ランバートはかつてのバートランドを思う。

エイブラムへの憎悪が蘇る。この幸福を、彼が壊したのだ。

けれど、同時に虚しさも覚える。エイブラムをどれほど苦しめても、痛めつけても、もうバートランドは帰ってこない。そのことが痛感される。

では、自分はいったいどうしたいのだ。どうすれば満足するのだ。

――ノエルをあれほどまでに傷つけて……！

そうして得た虚しさに、ランバートは耐えられない。この頃は、モリスもどことなしランバートに冷たかった。一度などは、フットマンに戻ったエイムズに直訴《じきそ》されたこともある。

『旦那様、差し出がましいとは思いますが、どうかノエル様をお許し下さい。お願いします！』

その他の使用人たちも、ノエルがランバートにとって仇にあたる男の息子であったことに戸惑いはしても、ノエル自身をなじることはできない様子だった。

それほどに、純真で誠実なノエルは仕える者たちの心を掴んでいた。

もう、ランバートにもわかっていた。ノエルに罪はない。ノエルほどに心の清い人間はいない。

今もおそらく、扱いにくいエイブラムに誠心誠意、息子として尽くしているだろう。

ノエルはそういう青年だった。

その彼に、自分はなにをした。彼を利用し、その愛情まで復讐の道具にし、その上彼を激しく罵り、最後には無理矢理犯した。そうして、傷ついたままのノエルに出ていけと――。

モリスに言われるまでもない。自分は最低の男だ。エイブラムへの怒りにばかり心を奪われて、ノエルの心からの愛情を無残に引き裂いた。

許しを乞うべきだった。

だが、ランバートは恐ろしい。心から謝罪すれば、おそらくノエルは許すだろうことが、恐ろしかった。

許されることがつらいと思うなど、ランバートは考えたこともなかった。だが、ノエルはきっとランバートのしたすべてを責めはしないだろう。ノエルはそういう青年だった。

しかし、それならランバートはどうやって、彼に償ったらいい。

ランバートにできるのは、秘書に指示して、シスレー男爵家から売りに出ている土地、屋敷をもっと普通の値で買わせるようにすることだけだった。

それでエイブラムもひと息つくだろうが、なによりノエルの暮らしが楽になる。エイブラムへの怒りは怒りとしても、ノエル自身をこれ以上苦しめたくなかった。

自分は甘いのだろうか。

だが、ノエルが苦しんでいるかと思うと、ランバートの胸も痛んだ。許されるものならすぐにもノエルを抱きしめて、なにもかもから守ってやりたかった。

愚かな感情だ。ノエルはもう、ランバートのものではないのに。ランバートは重いため息をついた。

と、扉がノックされる。

「――旦那様、あの……こちらの方がどうしても旦那様にお会いしたいと……」

そう言って、執事が名刺の載ったトレイを差し出す。

一瞥《いちべつ》して、ランバートの顔色が変わった。エイブラムだった。

その表情でまずいと思ったのだろう。執事が急いで、

「申し訳ありません。やはり、引き取っていただきます」

と言ってくる。ランバートはそれを引き止めた。

「いや、いい。会おう」

なんの用なのかはわからないが、会ってやろう。もう一度エイブラムから謝罪を引き出すことができれば、もしかしたらこのやみ難い復讐心もどうにか宥められるかもしれない。

ノエルのために――。
ランバートは客間に急いだ。

最初に見た印象は、老いた……であった。前回に会った時のエイブラムも、ノエルへの仕打ちにやつれていたが、今ほど老いてはいなかった。

エイブラムは六十九歳であったが、なおかくしゃくとした男ぶりであり、この年齢で新たな妻を探しても違和感のない風采《ふうさい》があった。それが一気に、病み老けている。

あまりの変貌に、ランバートはエイブラムを凝視する。

それを目にしたエイブラムが、全盛期を彷彿《ほうふつ》とさせる皮肉げな形に、唇の端を歪めた。

「どうした、ベックフォード。こうなるように、おまえがすべてを奪ったのだろう。少しは留飲が下がったか？」

「……相変わらずだな、シスレー。なにをしに来た」

ランバートは声を押し殺して、問いかける。ここまで病みやつれて、なお傲然たる気位を失っていないエイブラムに、長年抱き続けてきた怒りが再燃する。やはり、この男が真に悔いるということはなかったのだ。ノエルの真摯な愛情を受けてなお、エイブラムは腐っている。

侮蔑《ぶべつ》の眼差しを、エイブラムに向ける。

その眼差しに、エイブラムは一瞬、唇を噛みしめた。唇が震え、濁った緑の目に逡巡が浮かぶ。

――なんだ？

ランバートが訝しく思った時だった。ソファに腰かけていたエイブラムの頭が、ゆっくりと下げられるのが見えた。

驚きに、ランバートは目を瞠る。深く頭を下げたエイブラムは、しばらくそうしたあと、またゆっくりと頭を上げた。

「……すまなかった、ベックフォード」

「シスレー……！」

今までにない、真摯なエイブラムの態度だった。本当に、この男が発した言葉なのか。

言葉もないランバートに、エイブラムが渋々といった様子で口を開く。

「そう露骨《ろこつ》に驚くことはないだろう、ベックフォード。……いや、やはり驚いて当然か。わたしとて、自分がこんな気持ちになるとは思ってもいなかった」

「……ノエルか？」

言葉少なに、ランバートは問うた。エイブラムがわずかに頷く。

「おまえも……今頃後悔しているのではないか？　不思議な子だ、あの子は。……いや、あの修道院で、本当に大切に育ててもらったのだな、ノエルは。愛しい子だ……。だからこそ、己の罪深さがわかった。申し訳ないことをした、ベックフォード。君の兄上に」

「……心からそう思うのか、シスレー」

「ああ……ごほっ……げほっ」

激しく、エイブラムが咳《せ》き込みだす。ランバートは苦い顔のまま、エイブラムに歩み寄り、その背をさすった。

「……ありがとう、すまない」

礼を言うエイブラムは弱々しい。

「ノエルは？」

と問うランバートに、

「あの子が出かけている隙に、出てきた」

と、エイブラムは答える。そうでなくては、心配したノエルが外出など許さないだろうと付け加える。

たしかに、エイブラムの言う通りだ。ランバートの知るノエルならば、病身のエイブラムを外出させないだろう。

それでも押してエイブラムが出てきたのは、おそらくはノエルのためだ。

「……あの子を見ていられなくなったのか、シスレー」

低い問いかけに、エイブラムはランバートを見上げる。その目は今までになく真剣だった。思いつめた色だった。

「あの子は憔悴している。わたしの前では懸命にいつもの様子を見せているが、一人になればため息をついて、沈んでいる。食事もあまり摂《と》っていないようだ。――ベックフォード、わたしの命を捧げたら、君はノエルへの怒りを解いてくれるか？　あの子は君を愛している。同じように愛することは無理だろうが、しかし、せめてあの子に許しを与えてやってくれ。わたし同様、君に憎まれていると……あの子は思っている」

「許しを……わたしが……」

ランバートはらしくもなく口ごもった。許しを得るべきなのは、ランバートのほうだ。

それなのに、ノエルがいまだにランバートを恨むことなく、ただ従容と憎しみを受け続けているこ
とにたまらない気持ちになった。

そのはかばかしくない返事を誤解したエイブラムが、ソファから下りて床に膝をつく。

「お願いだ、ベックフォード。今さらこんなことを頼める筋合いではないが、わたしの命と引き換え
に、どうかノエルを許してやってほしい。ほんの少しでもあの子を憐れに思うなら、どうか――」

ランバートはエイブラムを押しのけ、窓辺に向かう。どんな顔をしてエイブラムと対峙してよいの
か、わからなかった。

ノエルを許す。むろんだ。だが、ノエルがランバートを恨むでなく、ただ許しを求めていることが、この上なくランバートを苦しめる。

どれほど純粋で、どれほど無垢な青年に、自分はなんということをしてしまったのだ。

「……駄目か、ベックフォード」

打ちひしがれたエイブラムの呟き。その声に、ランバートははっとして振り返る。

「真実悔いるか、シスレー!」

シスレーはじっと、ランバートを見つめた。様々な思いが、その表情に去来《きょらい》する。

そして、その瞳が床に落ちた。まるで懺悔するかのように。

「――悔いている。わたしは愚かな人生を送ってしまった。たくさんの人々を傷つけて……君の兄上
にも、大変なことをした。申し訳なかった」

深い悔恨の告白だった。

――兄さん……。

ランバートは天井を見上げる。もう二度と、死んだバートランドは戻ってこない。

しかし、バートランドを死に追いやったエイブラムは己の行為に苦しみ、とうとう自分のしたことを悔恨した。自分の行いが罪であったことを自覚した。

ノエルだ、とランバートは思った。ノエルの誠実さが、エイブラムを変えたのだ。

片手で顔を覆い、ランバートは窓辺で身体を支えた。思いもかけない感情が込み上げていた。

右の頬をぶたれたら、左の頬を差し出せと神は言われた。バートランドを亡くして以来、ランバートはその言葉をどれほど馬鹿馬鹿しく感じたか。

だが、ある意味神は正しかったのかもしれない。

恨んでも恨んでも、恨みは晴れない。復讐したところで、留飲は下がらない。

なにをしたところで、失われたものは取り戻せないからだ。死んだ者は生き返らず、壊れたものは蘇らない。

では、どうやって、恨みを抱えて人は生きる。

――許すことだ……。

許すことによって、ようやく人は先に進むことができる。恨みは消えなくとも、前には進める。生きるために。

そして、そのために最も必要だったのは、エイブラムを貧苦の極みに陥れることではなく、彼の心からの悔恨――。

ノエルはわかっていたのだ。ランバートを真に癒やすことができるものがなんであるのか。それゆえ、ランバートからの怒りを恐れず、エイブラムのもとに赴《おもむ》いた。そうして、エイブラム自身も癒やした。

ノエル以外の誰に、こんなことができるだろう。誰をも恨まず、誰をも愛したノエルだからこその行いだった。ランバートは呻いた。

「……おまえの命などいらない。許しを乞うのは、わたしのほうだ」

「ベックフォード……！　では、ノエルを許してくれるのか？」

エイブラムが歩み寄り、ランバートに取り縋る。その顔は、子を思う親の愛に溢れていた。

ランバートは力なく首を振る。

「聞こえなかったのか、シスレー。許しを乞うのはわたしのほうだ。ノエルではない。――だが、今さらどんな顔でノエルに会えるというのだ。これほどまでに……彼を傷つけて……」

ランバートは呻くと、エイブラムに背を向ける。ノエルが愛しかった。

いや、ノエルを愛していた。この世の誰よりも、彼を愛してしまっていた。

今になってそれに気づくとは、なんと愚かであったろう。

だが、ノエル自身は許すだろうが、ランバート自身が自分で自分を許せない。なんという卑劣な企てにノエルを巻き込んでしまったことか。その新雪のようにまっさらな、清らかな心に、なんという傷を刻んでしまったことか。

自分はノエルに相応しくない。ランバートがそう告げようとした時だった。エイブラムが立ち上がり、ランバートを強引に振り向かせる。

「会うんだ、ベックフォード！　ノエルは君を愛している。君も……ノエルを愛しているのだろう？」

ランバートの呻きから、エイブラムはその胸中を悟ったようだった。

図星を指されたランバートは、顔を背ける。その肩を、エイブラムが強く揺さぶった。

「愛しているのなら恐れるな！　あの子は馬鹿な子だ。全部自分が悪いと思っている。悪いのはわたしなのに……。あの子を救えるのは、君だけだ。君だけなんだ、ベックフォード！」

揺さぶられ、ランバートはまじまじとエイブラムを見返す。救えるのは自分だけ――。

本当だろうか。まだノエルはランバートを求めて……いや、求められているからといって、その手を取るのが許されるか。ノエルが許しても、ランバートが許せない。

「……駄目だ。わたしにその資格はない」

「馬鹿なことを言うな、ベックフォード。君はノエルを見捨てるのか？　日に日にやつれていくあの子を、たかだか君のつまらない正義感風情で見捨てる気か!?　ノエルを愛しているのだろう？　愛するあの子を、君はその手で死なせるつもりか！」

「死なせる……わたしが……？」

愕然と、ランバートはエイブラムに呟く。エイブラムは、これが病身かと思えないほど強く、ランバートの肩を摑んだまま、頷いた。

「そうだ、このままいったら、あの子はいずれ衰弱死してしまうだろう。君に許しを乞う資格すら自分にはないと思いつめながら……。君の愛は、君自身のプライドよりも価値のないものなのか？

……頼む。あの子を愛しているのなら、どうか……ベックフォード」

しだいに弱々しくなったエイブラムが、くずおれる。激しく咳き込みだし、ランバートは急いでその背をさすった。

しかし、なかなか咳は治まらない。医師を呼んだほうがいいかもしれない。

ランバートは立ち上がり、執事を呼ぼうとした。だが、その手をエイブラムが必死で摑む。

「わたしのことはどうでもいい。ノエルを……あの子を救ってやってくれ……げほっ……ごほっ……ベックフォード、頼む……ごほっ……」

ランバートは凍りつく。自分の愛は、プライドよりも価値が低い――。

いいや、そんなことはない。つまらないプライドなどよりも、ノエルの幸せのほうがはるかに大切だ。

だが、自分のような男はノエルに相応しくない。ノエルにはもっと、彼に忠実な男のほうがいい。ランバートでは不足だ。

ランバートは躊躇う。しかし――。

その自分をノエルが必要としている。ノエルを生かせるのはランバートだけ――。

ノエルが死んでもいいのか。

否《ノー》！　断じて否《ノー》だ。

ランバートはぜぇぜぇと喘ぐエイブラムに屈み込んだ。

「――わかった。ノエルのもとに行く。あの子は死なせない」

「ベックフォード……はぁ……はぁ……ありがとう……ごほっ」

立ち上がり、ランバートは執事を呼んだ。医師の手配を命じ、フットマンとして玄関に控えていたエイムズを呼ぶ。

「馬車の用意をしろ。ノエルのもとに行く」

「……はい……はい、旦那様！」

エイムズの顔がぱっと輝くのを見て、ランバートは自分がいかに意地を張っていたかを思い知る。ランバート以外の誰もが知っていた。ランバートにはノエルが必要だと。

背後にモリスが忍び寄ってくる。

「手袋をどうぞ、大尉。帽子とステッキも用意してあります」

すでに外出の支度を整えていたモリスに、ランバートは苦笑する。渡された手袋を素早く嵌め、忠実な従僕に一瞥を与えただけで、ランバートは屋敷を出ていった。


真っ青な顔で、ノエルは屋敷中を見て回っていた。帰宅してすぐに首尾を報告しにいったのに、父の姿がない。

家中を捜しても見つからず、ノエルは動揺していた。いったい、エイブラムはどこに行ってしまったのだ。

「……せっかく……今度の取引は上手くいったのに……」

今までになく正当な値で取引はまとまり、これでやっと本当の意味でひと息がつけると、ノエルはほっとしていた。

それなのに、帰宅してみればエイブラムが消えている。あんな身体でどこに行ったのだと、ノエルは気が気でなかった。悪い予想まで浮かんでしまう。

シスレー男爵家が窮乏していることは、エイブラムにも感じ取れることだった。自分がノエルの負担になっていると考え、軽はずみなことをしでかしていたら――。

この頃のエイブラムは、ずいぶん性格の険が取れていて、ノエルにはやさしい父になっていた。

だからこそ、悪い想像にノエルの胸はギュッと押し潰される。

捜しにいかなくては。しかし、いったいどこを？

ノエルは額に拳を押し当てた。捜すといっても、どこを捜したらいいのかわからない。

病んだエイブラムが行くところといったらどこだろう。この家を救うために、どこかに借金の申し込みにでもいったのか。それとも……。

せめて、この家に使用人の一人でも置いておけたら、エイブラムを見守ってもらうことができた。

――あぁ……多少無理をしても、メイドの一人くらいは雇っておくべきだった！

ノエルは己を罵る。少しでも節約して、エイブラムのための療養費を工面しようと、その他の費用を限界まで削り落としたことを後悔する。修道院育ちのノエルには、自分が代わりにできることにわざわざ人を使うまでもないと思えたのだ。

とりあえず、この近所を捜してみよう。周囲の人に訊ねれば、エイブラムがどこに向かったかくらいはわかるかもしれない。

ノエルは急いで、外に出ようとした。そこに、重々しくノックの音が響く。

はっとして、ノエルは顔を上げた。

「お父さん……っ！」

もしやどこかで倒れたエイブラムを、誰かが連れてきてくれたのかもしれない。

ドアに駆け寄り、ノエルは大きく扉を開いた。そして、凍りつく。

「ラ……ンバート……」

玄関に立っていたのは、ランバートだった。どうして、彼がここに……。

ノエルは呆然と、ランバートを見つめた。懐かしいランバート。相変わらず堂々として、威厳がある。

急に鼻の奥がツンとしてきて、ノエルは慌てて顔を背けた。涙ぐむなんて未練がましい姿を、彼には見せたくない。泣いて縋るのは、女子供のすることだ。

「……ノエル、入ってもいいか」

初めて聞いた時と同じ、ビロードのように滑らかで、ぞくぞくするほど低い、耳に心地よい声だ。

泣きたくなるのをぐっとこらえ、ノエルは断りの文句を口にした。

「申し訳ありませんが、今はちょっと取り込んでいて……また後日にしていただけませんか」

「取り込んでいる？　それは……お父上のことかな」

弾かれたように、ノエルはランバートを見上げた。

「知っているのですか？　まさか、父はそちらの馬車に……!?」

ランバートの背後の馬車を見遣る。ランバートは首を横に振った。

「いいや、お父上は我が家で医師に診せている。わたしは……君に話があって来た」

「父が……あなたのところに……。どうしてそんなことを……」

「中に入っても？　ノエル」

どこか他人行儀な口調で、ランバートが再度促してくる。ノエルは小さく頷いた。とにかくエイブラムがランバートの屋敷にいるのならば、話を聞くほかない。

「どうぞ……」

硬い表情で、ノエルは彼を邸内に招き入れた。

がらんとした内部に、ランバートが視線を巡らせる。わずかに眉がひそめられた。

ノエルは俯きながら、ランバートを客間に案内する。このみじめさに、彼がおそらく留飲を下げているだろうことを想像した。きっとみじめであればあるほど、恨みも多少は慰められるだろう。

「――どうぞ、お掛け下さい。今、お茶をお持ちします」

「いや、気を遣わないでほしい」

軽く右手を上げて、ランバートがもてなしを断る。仇の家ではお茶のひとつも飲みたくないということだろう。

そう判断したノエルは、くだくだしく反論することなく、ランバートの意思を受け入れた。ドアの側に佇み、ランバートの言葉を待つ。

ランバートはなかなか口を開こうとしなかった。ソファには腰掛けず、立ったまま周囲を見回し、それから、手持無沙汰の様子で以前は花で飾られていた小テーブルに触れる。

真っ白い手袋についた埃を、じっと見つめていた。思わず、ノエルは言い訳してしまう。

「申し訳ありません。掃除の手が行き届かなくて……」

「いや、かまわない」

そう言いながら、汚れた手袋を外した。振り返り、なにか言おうとして唇が開く。

しかし、どう続けたらいいのか考えあぐねた様子で、また閉じられた。

その間、ノエルはずっと床を見つめて立ち尽くしている。ランバートがなんのためにここに来たのかわからなかった。いや、そもそもエイブラムはどうして、ランバートの屋敷にいるのか。しかも、医師に診せてもらっているなんて。

遅まきながら礼を言うべきだと気づき、ノエルは顔を上げた。

「あの……父を……医師に診せて下さっているとのこと……ありがとうございます。それで……父はどうして、あなたのところに……？」

「――謝罪に来た」

ぽつりと、ランバートが答える。ノエルは驚きに目を見開いた。

「父が……謝罪に……？」

「心からの謝罪だった。兄に対してだけでなく、これまでの自分の振る舞いについて、心から悔いていた」

「そうですか……父が……」

胸を押さえ、ノエルは目を瞑った。父のために、罪を悔いたことをノエルは喜ぶ。

けれど、ランバートにはどうだったか。今さら謝られても、彼には鬱陶しいとしか思えないかもしれない。

「……君がそうしたんだな」

しばらくして、ランバートが呟いた。掠れた呟きだった。

ノエルは目を開け、ランバートを見上げた。ランバートはどこか痛いような面持ちで、ノエルを見つめていた。

「君が……あの男を改心させた。そうなのだろう？」

「改心だなんて……。ただ僕は父に、僕を愛するように、周囲の人々も愛してもらいたいと願っただけです。父に僕がいるように、誰にとっても大切な人というのはいるのだと……」

あまりにまじまじと見つめられて、ノエルは困惑して視線を床に落とす。自分は特別なことはしていない。エイブラムが変わったのは、エイブラム自身の力だ。

「君は……」

ランバートが苦しげに呻く。けれど、次の瞬間、ノエルは息を呑んだ。ランバートがノエルの前に片膝をついてきたからだ。

「ランバート……!?」

ノエルの手を、躊躇うようにそっとランバートが取る。

「……わたしが間違っていた。君のほうが正しかった」

「ランバート、なにを……」

ノエルは戸惑う。ランバートが急になにを言い出したのか、困惑した。

懺悔するように、ランバートが手にしたノエルの指を額に押し当てる。

「……復讐をすれば、怒りが晴れると思っていた。そうしてこそ、兄の無念を晴らせると思っていた。だが……どれだけあの男がみじめになっても、気持ちは少しも晴れなかった。今日、あの男が謝罪に来るまでは……」

「…………っ」

ノエルは言葉が出ない。ランバートはなにを言っているのだろうか。エイブラムの謝罪に、なんと？

立ち尽くすノエルに、ランバートは顔を上げる。じっと、ノエルを見つめ、口を開いた。

「どれだけあの男を痛めつけても、すべてを奪っても、兄は帰ってこない。復讐の達成が生んだのは……新たな虚しさだった。君を利用して、そうしてあの男を傷つけて……なにも手に入らなかった。ただただ虚しいだけだった。だが、今日、あの男が謝罪して……心からの悔いを見せて……なにかが、変わった。あの男を許すことはできないし、憎む気持ちも薄れない。だが……彼が自分のしたことを……その本当の罪深さを理解し、悔やむ姿に……よかったと……。少なくともやっと……あいつは己の罪を理解したと……許すことはできなくてもわたしは……」

「ランバート……」

ノエルの足から力が抜ける。エイブラムの謝罪に、ランバートは傷ついていない。罪を悔いる姿に彼の心のなにかが救われようとしていることに気づき、ノエルはへなへなと床に膝をついた。

「許さなくてかまいません。父はそれくらい、取り返しのつかないことをしました……。許さなくていいんです」

「……君のほうがわかっていた。相手を同じ苦しみに突き落としても、この憎悪は終わらない。せめて……せめて己の罪を心から悔いてくれなくては……憎しみから先に進めない。君が正しかった。君の父親を思う愛が、あの男を獣《けだもの》から人間に変えたのだ」

がっくりと、ランバートが項垂れる。どうして、ランバートが項垂れる必要があるのだ。

ノエルは必死で、ランバートの頬に手を差し伸ばした。押し包んで、その男らしい端整な面差しを見つめる。

「いいえ……！　いいえ、ランバート、僕はそんな……そんな難しいことは考えていませんでした。

ただ、あなたのために僕になにができるか……そればかり考えて……もし……もし父が、自分の振る舞いを悔いてくれたら……なにをしたのか気づいてくれたら、少しはあなたも救われるのではないかと……勝手に……。そのために……あなたを傷つけて……申し訳ありません。本当に……申し訳ありませんでした、ランバート」

自分に、こんなふうにひざまずいてもらう資格などない。弁えもせず、一番繊細な心に土足で踏み入ったのはノエルなのだ。

と、ランバートの大きな掌も、ノエルの頬を包んでくれる。そのはしばみ色の目は、痛ましげにノエルを見つめていた。

「謝らないでほしい。謝るべきなのは、わたしのほうなのだ。ノエル……こんなにやつれて……」

「たいしたことは……」

みっともないだろう自分の姿に、ノエルは急に恥ずかしくなる。目の下には隈ができ、頬もげっそりと削げている。かつてランバートはノエルを天使のようだと言ってくれたが、今のノエルはとてもそうとはいえない、醜いノエルだった。

だが、顔を背けようとしたノエルを、ランバートの温かな手は許さない。それどころか、両手でしっかりと固定されてしまう。

「逃げないでくれ。わたしを……わたしを、もしも……許してくれるなら……どうか、ノエル……」

「許……す……？」

ノエルは訳がわからない。許しを乞うのはノエルのほうで、ランバートではない。ランバートは少しも、悪いことなどしていない。

困惑するノエルに、ランバートが必死で訴えてくる。

「君を利用したくせに、勝手に怒りに駆られて、わたしは君にひどいことをした。あんな乱暴……その上君を追い出して……。最初から最後まで、徹底的にひどかったのはわたしのほうだったのに……」

「ひどいって、なにを言っているのですか、ランバート。あなたは少しもひどくなんてない」

それは、ノエルの心からの思いだった。

困惑に目を瞬いて告げるノエルに、ランバートはさらに痛みをこらえるような顔になる。

「いいや……復讐のためとはいえ、わたしは君の愛を利用した。君がわたしに心惹かれていると気づいた時から、同性愛の罪に陥れるためだけに、君を誘惑して、無垢だった君に……罪を犯させた。愛ゆえではない、復讐ゆえに……。許しを乞うべきなのは、わたしのほうだ」

「いいえ……いいえ、ランバート。あなたがしたのは当然のことです。お兄さんを……あんなふうに亡くして……。恨まれるのは当たり前です。だから、いいんです。あなたがそれで、宿願を果たして下さるなら」

「ノエル……」

ランバートが泣き笑うような顔になる。瞳に愛しさが溢れて、まるでかつて愛されていると信じた時のように錯覚しそうになる。

それを、ノエルは固く戒めた。勘違いしてはいけない。そもそも、ランバートはノエルを愛したことなどない。愛したふりをしたのは、すべてエイブラムへの復讐のためだった。

自分は、彼に愛されるような資格はない。それがなんとも切なくて、ノエルはランバートを直視できない。ぎこちなく視線を逸らしたノエルに、ランバートの祈るような囁きが届いた。

「……わたしを許してくれるか、ノエル」

思わず、ノエルはランバートを見つめてしまう。

「だから！　許しを乞うのは僕のほうだと……」

「頼む。許すと言ってくれ。わたしを……わたしをまだ、愛してくれるなら」

「ランバート……！」

ノエルは息を喘がせた。ランバートがなにを望んでいるのかわからない。

——わたしをまだ、愛してくれるなら。

なぜ、そんなことを言うのだ。

答えはすぐに、やってきた。幻ではないかと思う囁きだった。

「……愛している、ノエル」

「う、そ……」

耳に届いた囁きが、本当とは思えない。どうして、ランバートがエイブラムの息子を愛するのだ。

同じ男のノエルを愛するのだ。

「嘘……嘘ですよね、ランバート……。だって……あなたは僕を……」

「愛している。心から君を……君だけを、愛している、ノエル」

揺れる瞳を真剣に捉えて、ランバートが何度も告げる。愛している。愛している、と。

ノエルはぎくしゃくと首を振った。耳にしたことがまだ信じられなかった。

愛しているなんて。ランバートがノエルを愛しているなんて！

信じられない思いで、ノエルはランバートを見つめた。

「あなたが……僕を……愛して下さる……」

呆然と、ノエルは呟く。ランバートはじっと、ノエルを見つめ返している。こいねがうような、縋るような眼差しだった。

のろのろと、ノエルの腕が上がる。もう一度、ノエルはランバートの頬を両手で包んだ。互いに、互いの頬を包み合う。掌に、じんわりとランバートの体温が伝わった。温かい。

「愛……してる……？」

子供のような呟きの疑問。それに力強く、ランバートが頷く。

「ああ、愛している。君の父上に言われた。わたしのプライドは、愛情よりも価値があるのか、と」

「父が……あなたに……？」

なんということをエイブラムは言うのだ。伯爵としての矜持と、ノエルごときつまらない者を比べさせようとするなど、あり得ない。

しかし、ランバートは違った。愛しげにノエルを見つめ、その頬を撫でる。

「そうだ。父上は君のために、わたしの背中を押してくれた。わたしに膝を折るなど、以前の彼ならけしてできなかっただろうに、わたしに必死で頼んできた。息子を愛しているなら、どうか、あの子を助けてやってくれと」

ノエルの瞳が揺らぐ。あぁ、そんな……。本当の本当に、ランバートはノエルのことを？

「愛して……いるのですか……？」

「愛している。愛している……愛している、ノエル！　己の魂よりも、君自身を愛している。そのためなら、何度でもひざまずく。ひざまずいて、君の愛を乞う。どうかわたしに……君を守る騎士《ナイト》の役をさせてくれ。もう二度と、君をこんなふうに苦しめない！」

緑の瞳が揺らめく。揺らいで、滲んで、大粒の涙がぽろりと頬を流れ落ちた。ランバートに見捨てられた時には一滴も流れなかったのに、今になって溢れ出る。

「あぁ……ランバート……！」

縋りつくように、ノエルは愛しい人に抱きついた。ぼろぼろと涙を零しながら、愛する人に想いを告げる。

「愛しています……愛しています、ランバート！　あなた以上の人は僕にはいません。あぁ……愛しています」

「ノエル……ノエル、本当に？　あぁ、なんという歓びだ……！　こんなわたしを、いまだに愛してくれるとは。ノエル、愛している。愛しいノエル、わたしの天使」

髪に、耳朶に、ランバートのキスが雨のように降ってくる。愛の口づけだった。

涙でグシャグシャの顔で、ノエルはランバートを見つめる。

「……愛しています、ランバート」

ランバートもじっと、ノエルを見つめ返す。そのはしばみ色の瞳は、迸る愛に溢れていた。

「わたしもだ。誰よりも、君を愛している、ノエル」

そして、キス――。

無我夢中で、ノエルとランバートは口づけし合う。いつまでも、飽きるまで、愛の口づけを交わし合うのだった。

§終章

「――では、また今度」

「ああ、いつでも来てくれ。ノエルを頼む、ベックフォード」

丁重に挨拶を交わす二人は、まだ多少ぎこちない。しかし、ほぼ休戦状態といってよい平和が保たれていた。

それには、エイブラムがこれまで自分が騙した人々に謝罪に赴いたことも大きかった。行く先々でひどく罵倒され、時には殴りかかられることもあったというが、エイブラムは一人でそれをやり遂げた。今は、手元に残った地所や別邸のうち、高額なものを売って資金を作り、それを上手く運用することで、騙し取った金の弁済に当てている。

また、自分のために亡くなった妻たちの墓にも、丁寧な祈りを捧げた。フランスで客死したノエルの母親リュシエンヌの墓も、シスレー男爵家の墓所に引き取り、改めて埋葬し直している。

生まれ変わったように信心深くなったことも、エイブラムの目立つ変化だった。

ただし、ノエルとランバートとのことは見過ごしてくれている。

そうした父親の思いやりに包まれて、ノエルはしばしばシスレー男爵家のマナーハウスを訪ねるようになっていた。むろん、ランバートも一緒だ。

老年の父親の一人暮らしは心配ではあったが、そこはランバートが譲らない。エイブラムもまた、「使用人がいるのだから、一人ではない」と言って、ノエルとの同居を望まなかった。

いや、ノエルの恋を応援してくれた。

今、ノエルは改めて、ノエル・セレスタン・ブライスとして、ランバートとともに暮らしている。いずれエイブラムが天に召された暁には、シスレー男爵位を継承することになるだろうが、今はただのノエル・セレスタン・ブライスとして、ランバートの愛に包まれた日々を送っている。

馬車から、父の姿が見えなくなるまで手を振り、ノエルはやっと乗り出した身を戻す。ほっとため息をつくと、ランバートが穏やかに語った。

「だいぶ体調もよくなったみたいだな」

エイブラムのことだ。憎いはずの父の心配をしてもらい、ノエルは感謝の微笑みを送る。

「はい。ランバートのおかげで、弁済も順調に進んでいるようで……そのことも、父の心を楽にしてくれているみたいです。ありがとうございます、ランバート」

丁寧に礼を言う。ランバートが様々に手を打ってくれたおかげで、エイブラムも穏やかに日々を過ごしている。そんなふうに父を許してくれたランバートに、ノエルは感謝するばかりだ。

面映ゆそうに、ランバートが片手を振る。

「よすんだ、ノエル。彼のためにしているのではない。被害者のために手を貸しているだけだ」

「はい」

けれど、その言い方が照れ隠しなことを、ノエルは知っている。ノエルから感謝されることが、ランバートにはたまらないらしい。

――気にすることはないのに。

ノエルは小さく微笑む。ランバートはどういうわけか、ノエルに対して負い目のようなものを感じているらしく、ノエルから感謝されるたびに居たたまれない気分になるようなのだ。

ランバートは少しも気にする必要などないのに。

と、向かい合わせに座ったランバートが、ノエルの手を取ってくる。

「……やれやれ、こうして手に触れることしかできないとは、もどかしいな」

「ランバート、急になにを言いだすのですか？」

目を瞬くノエルに、ランバートがクスリと笑う。その目は愛しげに、ノエルを見つめていた。

「昨夜は、父の家だからと触れさせてくれなかっただろう？　二人きりになったら一刻も早く君が欲しいと思うのは、わたしがせっかちすぎるのかな？」

「ちょっ……ランバート！」

ノエルの頬が真っ赤に染まる。ほのめかされている誘いに、身体が熱を帯びていく。

エイブラムの屋敷に滞在するたびに、ノエルが同衾を拒むのはいつものことだ。ランバートと愛し合っていることを父も知っているとはいえ、父が眠る同じ屋敷でランバートと睦み合うなど、ノエルにはとてもできなかった。翌朝、どんな顔をして父に会ったらよいかわからなくなる。

けれど、それがランバートに忍耐を強いていることは事実だ。ベックフォード伯爵邸では、ノエルとランバートとの関係は半ば周知のことで、使用人たちが不都合な場面に行きあたっても自然に姿を消してくれる。

そのたびにノエルは恥ずかしいと思ったが、屋敷の主であるランバートがよしとしているのだ。受け入れるしかない。

しかし、エイブラムの屋敷で同じように振る舞うことはできない。ベックフォード伯爵家の使用人たちは微笑ましく受け入れてくれているが、本来ならば教会で罰される大罪だ。大目に見てくれるからといって、おおっぴらにしていいものではない。

真っ赤になっているノエルに、ランバートはクスクス笑っている。ノエルのするなにもかもが、ランバートにはこの上もなく可愛く映っているようだった。

わずかに腰を浮かせて、ノエルの頬を軽く撫でる。一瞬の触れ合いで手は離れ、ランバートはノエルを解放する。

「ここでは君にこれ以上のことはしないよ、ノエル。わたしは君を守る騎士なのだからね。君の評判に関わることはけしてしない。だが、屋敷に着いたら……」

そう思わせぶりに囁き、目を細める。

ノエルはいっそう赤くなった。見つめられているだけで、呼吸が苦しくなる。

ランバートはまるで魔法使いだった。簡単にノエルの情動を操ってみせる。

潤んだ瞳で、ノエルは小さく頷いた。

「……はい、ランバート」

ノエルのすべてはランバートの虜だ。愛されたいと、ノエルだって望んでいた。

馬車が屋敷に着くのを、ノエルは矢のような思いで待ち続けた。

「――お帰りなさいませ、旦那様、ノエル様」

老いた執事ルーサムが、恭《うやうや》しく二人を出迎える。

「ただいま、ルーサム。なにか変わりはなかったか？」

帽子とステッキを手渡しながら問いかけるランバートに、ルーサムは「ございません」と答えている。その答えを聞きながら、ランバートはノエルの耳に、

「先に部屋に行っていなさい」

と囁く。情事を示唆するその言葉に、我知らずノエルは赤くなった。けれど、素直に「はい」と頷き、階段を上がる。

心臓がどきどきした。もう何度もランバートには愛されているのに、いつも初めてのような慄きが身体を支配して、困ってしまう。何度愛されても、ランバートとの愛の交歓は新鮮で、驚きに満ちていたから。

胸の鼓動を押さえながら、ノエルはランバートの寝室に入った。ノエル自身の寝室もあるのだが、ともに過ごすのはすっかりランバートのところになっている。

すぐに、エイムズがやって来た。ノエルがランバートのもとに戻り、彼も従僕に復帰している。

「お帰りなさいませ、ノエル様。ご実家はいかがでしたか？」

そう話しかけながら、ノエルの旅装を脱がせていく。

「父がだいぶ元気そうで、安心したよ」

「それはようございました。――夜着でよろしいですね？」

確認のために、そう訊かれる。ノエルの項から頬に、また新たなピンク色が上った。

それにくすすと笑って、エイムズが白い夜着を取り出してくる。

「長い馬車の旅でしたから、着いた早々お休みするのは当然ですよ、ノエル様」

からかっているのか、宥めているのかわからない調子でエイムズが言い、ノエルに夜着を手渡す。

「う……うん。ごめんね、エイムズ……あの、僕……」

なんといって謝ったらよいのかわからず、ノエルは口ごもる。受け入れてはいるけれど、ベックフォード伯爵家の人々だって、本心ではこんな関係を快く思っていないはずだ。ただ、みんなランバートを主人として敬愛しているから、ノエルとのことも受け入れているだけで——。

しかし、エイムズが「やめて下さい」と胸を張る。

「俺は、ノエル様と旦那様がお幸せそうで、嬉しいんです。旦那様もご機嫌がぐっと良くなったし、それに旦那様のノエル様を見る目！　あれを見たら、反対なんてできませんよ。二人がお幸せなら、俺は充分なんです」

「——エイムズ、俺とはなんだ」

と、背後からいきなりモリスの声が聞こえて、エイムズが飛び上がる。

「モリスさん！」

「従僕でいたいなら、言葉遣いに気をつけろ。『俺』ではなく、『わたし』だ」

しかつめらしくモリスが言い、それをランバートが笑って見ている。

「時にわたしのことを『大尉』と呼ぶおまえが、人に注意とはな、ふふふ」

「旦那様、それとこれとは別です！」

憤慨したように、モリスがランバートを振り返る。

ランバートは歩み寄ると、モリスの手から夜着を奪い取った。

「手伝いはいい。下がってくれ」

「……にやけていますよ、大尉」

「馬に蹴られるぞ、モリス」

しっしっとランバートはモリスに手を振る。そうしながら、ノエルを抱き寄せる。

やっていられないとばかりに、モリスはエイムズを促し退散する。だが、ちらりとノエルに向けられた視線は、微笑んでいた。エイムズがぺこりと一礼して、扉を閉めていく。

「――やっと二人きりになれた」

ため息をついたランバートが、ノエルを抱きしめる。ノエルもその背に腕を回した。

昼間からこんなことをするなんて、恥ずかしすぎる。しかも、屋敷中のみんなが知っているのだ。

「……堂々としすぎですよ、ランバート」

少し恨めしい気持ちでそうぼやくと、ランバートが笑いながらキスしてきた。

「わたしたちの階級で、なにもかもを秘密にするのはほとんど不可能だ。慣れてくれ、ノエル」

「……わかってます。でも……恥ずかしい、ん」

口づけは、すぐに舌を絡める深いものに変わる。唇ごとランバートに吸われながら、ノエルはベッドへと移動させられた。気がつくと、横たえられている。

「もう……」

なにもかもが未熟なノエルと比べると、ランバートは巧みだ。訳がわからない間にベッドに寝かされ、いつの間にか着ている物も脱がされることがほとんどだ。

「ぁ……ん、ふ……」

またキスをされて、ノエルはぼおっとなってしまう。角度を変えて、何度もキスをされながら、ランバートが自然な手つきでノエルから夜着を剝ぎ取ってしまう。

ランバートは依然として、着衣のままだ。

恥ずかしくて、ノエルが少しでも裸身を隠そうと膝を立てると、やさしく微笑みながら、自分で着ている物を脱ぎ始める。

ジャケットを床に放り投げ、クラバットを弛め、シャツのボタンを外す。

そうして、上半身が裸になると、次は下衣になる。ブーツを脱ぎ捨て、ぴったりとした小鹿皮のズボンを脱いで、そして――。

「興奮しているか、ノエル」

そんなことを聞きながらベッドに上がってくるランバートに、ノエルは言葉も出ない。なぜなら、ノエル自身も昂り始めているが、ランバートのほうはもっとすごかった。逞しい獣芯が張りつめ、そそり立っている。ノエルを欲しがって熱くなった欲望だった。

答えられないノエルに、ランバートの笑みが深まる。いつまでたっても物慣れないノエルが、愛しくてたまらないという風情だ。片手で頰を包み、チュッとキスを送る。そうして、囁いた。

「――わたしは……馬車の中からずっと、興奮しているよ、愛しいノエル」

「ぁ……ランバート……んっ」

大きな掌が胸を這い、すでにツンと尖り出している乳首を掠める。愛らしい突起にすぐに気づいたランバートは、キスをしながらそっと平らな胸の粒を抓んだ。

「んっ……ぁ……あ、ん」

「素敵だ、ノエル。君も……今日はとても感じやすくなっている。わたしが欲しかったのだね？」

「ん……ゃ……訊か……ないで……あっ」

ランバートの誘惑に身体が熱くなっていたなんて、恥ずかしくて言えない。

「訊かれたくないのか？」

ランバートが含み笑う。両足を割られ、その狭間に鍛えた身体を入れられた。膝が、意地悪くノエルの花芯を撫で上げる。

「いいよ、ノエル。君は、言葉よりも身体のほうがとてもよく語ってくれる」

「あぁぁ……いやぁ……」

そのまま、膝で擦るように果実に悪戯されて、ノエルから羞恥に塗れた悲鳴が上がる。

胸は、依然としてランバートの少しだけ皮の硬くなった指先で弄られていた。毎日の乗馬のせいだ。

「んっ……んっ……」

これ以上恥ずかしい声が上がることが耐えられなくて、ノエルは唇を嚙む。

けれど、これもランバートは許してくれない。

「駄目だよ、ノエル。そんなことをしたら、綺麗な唇を痛めてしまう。——声を出してくれ。君の素敵な声は、わたしをもっと興奮させる」

「そんな……あっ」

胸を抓んでいた指が、下肢に這う。その手が果実を握り、胸は唇に含まれた。

「やぁ……っ」

「可愛い、ノエル。もう……濡れているね」

その言葉通り、果実を扱く指からくちゅくちゅと粘着音が聞こえてくる。

ノエルの全身が朱に染まった。いつものこととはいえ、耐えられない。

「や……いや、ランバート……声、出させないで……あ、ぁ」

唇を噛みしめたいのに、ランバートに駄目だと言われたら、噛みしめられない。

どこまでも、ノエルはランバートに従順だった。ランバートに抗うなど、考えられなかった。

それがどれほど、ランバートをたまらなくさせるか——。

ランバートのノエルを扱く手が、いっそう淫靡になる。激しいというより、よりノエルを感じさせようと、ねっとりとその花芯を扱き上げる。ぬるぬるしたところをくすぐるようにされ、ノエルはさらに嬌声を絞り取られた。

「あ、あ、あ……やぁぁ……あぅ、っ」

びくり、とノエルの目が見開かれる。花芯を扱いているばかりと思っていた指が、いつの間にか滑り、後孔に呑み込まれていたからだ。

「ランバート……ぁ」

胸にチュッとキスしながら、ランバートが言う。

「ここも……もうこんなに柔らかくなっている。指が一本、すぐに挿入《はい》ってしまった」

「あ……ぁ……ぁ……あぁ」

根元までひと息に挿入った指を、ノエルは締めつける。長い、ランバートの指、その形、関節まで、ノエルは後孔で知覚してしまう。

餓えるように、ノエルの柔襞は一本だけ挿入った指を咥え込んでいた。もっと欲しいというように。

そのくちくちとひそやかに聞こえる食いしめる音に、ノエルは羞恥に染まる。

ひくつく後孔、そして、ランバートに扱かれてそそり立つ果実。

ああ、なんて恥ずかしい。

「ゃ……ランバート……」

「恥ずかしい？　だが、二本目の指もすぐに挿入ってしまいそうだよ、ノエル」

そう言うと、中の指が引き出され、再び突き入れられる時には二本に揃えたそれがノエルの中に挿入ってくる。

「あぁぁ――……」

甘い声とともに、ノエルは背筋を反らした。本来なら厭うべき行為なのに、それとは反対の反応しか示せない。それどころか、指ではなくもっと逞しい、ランバート自身が欲しいとすら感じた。

――なんて淫らな……。

しかし、愛する人に対して、肉体は貪欲だった。

気づくと、ノエルは大きく足を広げて、ランバートの準備に肉体をさらけ出している。腰には枕を入れられて、より肉奥が見えるようにされていた。

後孔にはもう、三本の指が挿入されていた。

「あぁ……なんてけな気な花びらなんだ」

ランバートはノエルの蕾を『花びら』と言う。可憐にピンクに染まって、ひくひくと喘ぐ様が花びらのようだと、何度も言われていた。

けれど、ノエルは慣れなくて、両手で顔を覆う。

「やめて……見ないで……」

「なぜ？　こんなに美しいのに……。これからわたしを受け入れてくれる、ノエルの最も美しい場所の一つだ」

そうして、じっくりと見つめられた末に、やっと指を引き抜いてくれる。ひくつく花びらの蠢きは、ノエル自身にも感じ取れるものだった。

「わたしを欲しがって、喘いでいる……可愛い、ノエル」

「ゃ……言わないで……あっ」

伸び上がったランバートに、両手を取られる。隠していた顔を、さらされた。

「やめて……ランバート……」

「だが、わたしは君の顔を見ながら挿れたい。君を愛していると感じながら……ひとつになりたい、ノエル」

そんなふうに求められて、ノエルは目蓋を開いてしまう。泣き濡れた緑の瞳を、欲情した男の目が捉える。ノエルによって、彼はこうなるのだ。

心臓がとくりと音を立てる。しどけなく、ノエルの足から力が抜けた。

ランバートが微笑む。そっと内腿に手をかけられ、恥ずべき体勢を取らされた。腰に枕を当てられているせいで突き出した下肢、ふしだらなほど広げられた両足、その狭間の天を仰ぐ果実、それがとろとろと蜜を滴らせて、ノエルの下腹部を汚している、白く。

「——綺麗だ、ノエル。愛している」

太ももの裏側を、ランバートの掌が愛しげに撫でる。そうして、そそり立つ欲望がやさしく『花びら』にあてがわれた。

熱い。ノエルを求めて、ランバートの雄もこの上なく熱く昂っている。

ぐちゅ、とはしたない粘着音が寝室に響いた。

「ぁ……あぁ……」

そして、ノエルはランバートとひとつになった。


「あぁ――――……っ」

高い悲鳴とともに、ノエルはランバートを呑み込んでいった。深々と、奥まで。

「……ぅ」

ランバートは低く呻く。どれだけ柔らかく蕩けても、充分な締めつけは失われない。閉じようとする花襞を押し開くように、ランバートは昂り切った怒張でノエルとひとつになっていった。

ノエルは必死で、ランバートにしがみついている。けれど、上がる声はこらえない。ランバートが望むままに、愛らしく喘ぐ。

「あ……あっ……あっ……ランバート、あぅ、っ」

なんという甘い響きだろう。ノエルがランバートを受け入れて喘ぐ様は、なにより彼を興奮させた。

今までにも、女は何人もいた。貴族的で端整な面差しに、逞しい身体をしたランバートを愛人にしたいというレディは多くいて、さらに伯爵家の資産を回復させてからはいっそう多くの女性たちに秋波を送られてきた。

ランバートはそれらの花々の中から、気まぐれに花を摘めばいいだけだった。美しい女性も、性技に長けた女性も、様々にいた。

けれど、そのいずれも、ランバートをこんな気持ちにはさせなかった。

どう言い繕おうとも、それらの女性が既婚女性だったからだろうか。

貴族女性は、その多くが家のために愛してもいない男と結婚し、嫡子を産んだあとは自由に恋愛を楽しむ。それが不文律だった。

ランバートの母フランシスはその不文律以上に夫を裏切り、恋人の子を嫡男に据えた。そうして恋を楽しみ、次男を欲しがった夫に無理矢理犯されてランバートを産んだ。

それゆえに、母は長男バートランドは愛したが、ランバートは嫌った。夫の面差しを受け継ぐ次男に、憎い夫の面影を見たからだろうか。それほどに夫を嫌いぬいておきながら、母には真に愛する相手は現れなかった。遊びの恋を楽しみ続け、あてつけのようにバートランドばかりを偏愛した。

いずれにしろ虚しい人生だ。

そんな愛を玩ぶような人生に、なんの実があるだろう。

ノエルは違った。己が復讐の道具に利用されていると知ったあとでも、愛するがゆえに、ランバートのすべてを受け入れた。それどころか、ランバートの怒りを買ってでも、その心を守るために一身を捧げた。これほどの愛をランバートは知らない。

だから、日々に思う。ノエルほどの愛に、自分は充分相応しくあるか、と。

どれほど愛しても、まだ足りない。

「ぁ……ランバート……」

根元までノエルと繋がると、甘えるように天使が縋ってくる。動いてほしいと、その花筒が震えて、ランバートの欲望に絡みついていた。その恥ずかしさに、頬がピンクに染まっている。なんという可愛らしい誘惑だろう。なんとつつましい要求か。

「ノエル、動いてもいいか？」

嬲るのではなく、ランバートは許しを乞う。

「……ん……はい、ランバート……どうか……」

小さく頷くノエルの貝殻のような耳朶に軽くキスをして、ランバートはノエルの腰を支えた。そうして、ゆっくりと挿入した雄を動かし始める。最初はじっくりと、味わうように。

「ぁ……あぁ……ランバート……んっ」

びくびくとノエルの仰け反り、恥ずかしげに腰を揺らめかす。ランバートに奉仕するような、愛らしくも淫らな動きだった。

「気持ちいいのか、ノエル。これが……」

弱いとわかっているところを、ランバートはことさらじっくりと猛り切った雄芯の先端で擦り上げた。

「あ、あ……そこ……ゃ、っ」

びくんびくんと、ノエルの全身が揺れる。張りつめた乳首が濃いピンク色で震え、反り返った花芯が腹につくほど反応する。

「気持ちいいのだろう、ノエル」

もっと……もっと、ノエルをよくしたい。蕩けるほどに感じさせたい。小刻みに弱みを突きながら、ランバートはツンと震える乳首に指を這わす。抓むと、ノエルから引き攣った嬌声が上がった。

「……ひっ……ゃ、あ……あ……あ……あぁ……ランバート……っ」

ランバートを咥え込んだ後孔が窄まる。痛いほどに食いしめて、腰が跳ね上がった。感じているのだ、ランバートからの愛撫に。

耐え難いほどの羞恥に、ノエルの全身は真っ赤だ。恥ずかしくて恥ずかしくて、本当なら身体も声もすべて隠してしまいたいのだろうと思う。

それなのに、ランバートが見たいからと先に言った言葉に従って、ノエルは震えながらもすべてをランバートの眼下にさらしている。声を上げて、ピンクに染まった身体をぴくぴくと反応させて。

なんと愛しい恋人なのだろう。なんて可愛い天使なのだろう。

ノエルは母ではない。母のような不実な女ではない。その心のすべてを、ランバートへと差し出してくる稀有な存在だった。ただ愛のために。

そのことを、ランバートは神に感謝した。母には愛されなかったが、代わりに神はノエルという賜物をランバートに下された。

「ノエル、これはどうだ……？　もっと……わたしで感じてくれ」

「ランバート……あ、あ、ランバート……そんな、あぅぅ……っ」

抽挿しながら胸から性器へと手を移す。やさしく握ると、ノエルが呻いて仰け反る。そそり立つ果実を扱くと、甘く鳴く。

抽挿からなのか、それとも扱いた掌かなのか、どちらからともわからない粘着音が耳朶を打つ。二人の蜜が立てる音だった。

「ノエル……わたしもすごく感じているのがわかるか？」

「あ、あ……ランバート……んっ……ぁ、深い……」

くねる肢体が目に麗しい。上がる声が耳に心地よい。そして、高まる欲望を包む花襞が最高の快美を生む。気がつくと、ランバートは夢中で、愛しい恋人の肉奥を責め立てていた。

「ノエル……あぁ、ノエル……」

「あ、あ、あ……ランバート……ゃ……来る……なんか、来る……」

ノエルが両目を見開き、喘ぐ。欲情が高まりすぎて、もうなにもわからなくなっている喘ぎだった。

ランバートも限界だった。愛する人の深みに思い切り放ちたい。

「ノエル、一緒に……っ」

そう告げて、いっそう激しくノエルの肉奥を穿った。そして、タイミングを合わせて、愛らしい果実を扱き上げる。

「駄目……駄目、だめ……ひっ……ああああああ――……っっ！」

高い悲鳴を上げて、ノエルが勢いよく花芯から蜜を放った。

絶頂に収縮する肉襞に、ランバートも思い切り欲望を突き上げる。

「……………くっ！」

「あ、あ、あ……熱、い……ランバート……あぁぁぁぁ……」

びくびくと痙攣《けいれん》しながら、ノエルがランバートの放埓に続けざまの悦楽を味わう。

ランバートはきつくノエルを抱きしめて、その慄きから来る快感を堪能した。ノエルでしか味わえない悦びだった。

そして、しばらくして弛緩する。互いの荒い息遣いだけが、耳元で聞こえた。

愛は幸せ、愛は歓び、愛は充足――。

この愛の世界を与えてくれたノエルに、ランバートは感謝の口づけをする。

たしかに自分は、母に愛されなかった。唯一愛してくれたバートランドも失った。

けれど、自分にはノエルがいる。ランバートの空白を、ノエルの愛が埋めてくれた。

「――ノエル、愛している」

「ん……僕も、ランバート……愛してる」

唇が近づく。口づけは、どんどん深まっていった。このまま二度目の行為に入るのは、時間の問題だろう。

愛に果てはない。

そのことを、ランバートはノエルとともに充分に味わう。いつまでも、愛に溢れた行為によって――。

あとがき

こんにちは、いとう由貴《ゆき》です。だんだん寒くなってくる季節ですが、皆様いかがお過ごしですか。

さてさて、今回のお話はイギリスが舞台になります。ドレスの時代大好き♪　っていっても、ドレスはほとんど出てこないのですが、はは。

えー、この時代のドレスはネグリジェっぽいというのですか、ハイウエストでスカート部分がぶわっと広がっていないタイプのものになります。ほっそりした若い女性にはとっても似合うのですが、高齢のふくよかな女性にはかなり厳しいデザインのこのドレス。ええ、当然ワタクシにも厳しいものでありますよ。

ですが、厳しいのは女性にだけではありません。男性の衣装も身体にぴったりしているのがよろしいとされていましたので、男性にとってもつらい時代ですよねー。まあ、ノエルもランバートも素敵なプロポーションだろうと思いますが。

ということで、お礼です。

いろいろとご迷惑をおかけしてしまった高座朗《たかくらろう》先生、素敵なイラストをありがとうございました。ノエルは本当に天使のようだし、ランバートはイギリス貴族っぽく格好良くて素敵でした！　本当にありがとうございました。

それから、担当様。なんだか毎回謝ってばかりなのですが、今回もホント……すみませんでした。早く真人間になりたいです……。

そして、最後になりましたが、この話を読んで下さった皆様。久々のピュアなお話を皆様も楽しんでいただけると嬉しいです。はぁ……ピュアっ子って本当にいいですよね～♪

きっとノエルもランバートも、この先ずっとお幸せに暮らすのだろうなーと思います。まあ、いろいろ事件はあると思いますが。

ではでは、クリスマスに向けて（私の中では）ホワイトな話が書けて嬉しかったです。

ちょっと早いですが、皆さまもよいクリスマスを！

いとう由貴

この本を読んでの
ご意見・ご感想を
お寄せ下さい。

〒151-0051
東京都渋谷区千駄ヶ谷4-9-7
(株)幻冬舎コミックス　リンクス編集部
「いとう由貴《ゆき》先生」係／「高座《たかくら》 朗《ろう》先生」係

リンクス ロマンス

嘆きの天使

2014年11月30日　第1刷発行

著者……………いとう由貴《ゆき》
発行人…………伊藤嘉彦
発行元…………株式会社　幻冬舎コミックス
〒151-0051　東京都渋谷区千駄ヶ谷4-9-7
TEL 03-5411-6431（編集）
発売元…………株式会社　幻冬舎
〒151-0051　東京都渋谷区千駄ヶ谷4-9-7
TEL 03-5411-6222（営業）
振替00120-8-767643
印刷・製本所…株式会社　光邦
検印廃止

ISBN978-4-344-83278-7 C0293
Printed in Japan

幻冬舎コミックスホームページ　http://www.gentosha-comics.net